Mienchen
Die kleine blinde Katze

Dieses Buch widme ich unserer blinden Katze Mienchen, die am 13. Mai 2012 über die Regenbogenbrücke gegangen ist.

Gisela Kurfürst-Meins

Mienchen

Die kleine blinde Katze

Bibliografische Information der Deutschen Nationalbibliothek:
Die Deutsche Nationalbibliothek verzeichnet diese Publikation in der
Deutschen Nationalbibliografie; detaillierte bibliografische Daten
sind im Internet über http://dnb.dnb.de abrufbar.

Illustration: **Gisela Kurfürst-Meins**
Korrektur: **Sebastian Schmidt (www.lektorat-textbasis.de)**

Herstellung und Verlag: BoD – Books on Demand, Norderstedt

ISBN: 978-3-7322-9171-7

Inhalt

Vorwort

In Deutschland und anderen europäischen Staaten missbraucht man immer noch Katzen für Tierversuche. Sie werden oft von kriminellen Katzenfängern regelrecht entführt. Sie müssen unzählige Qualen erleiden, bis man sie erlöst. Tierversuche müssen nicht sein – das ist längst bewiesen.

Prolog

Die kleine Katze, nennen wir sie Mienchen, irrt durch den Wald. Sie ist im letzten Moment einem schlimmen Martyrium entkommen. Sie war in einem Versuchslabor und wurde befreit.

Weil sie nichts sieht und sie die ganze Zeit in einem engen Käfig saß, muss sie sich an die Welt hier draußen erst gewöhnen. Deshalb sucht sie sich einen Platz, an dem sie sich orientieren kann.

Sie hatte bisher schon einiges erlebt. Viel Gutes, aber auch Schlechtes. Aber erzählen wir der Reihe nach – die Geschichte von Mienchen.

Mienchens erste Wochen

Es war an einem schönen Frühlingstag im Mai. Carla, die Bauernhofkatze, hatte zwei Kätzchen geboren. Sie kümmerte sich rührend um ihre Jungen. Dieses Mal durfte sie beide behalten. Sonst nahm der Bauer ihr die Babys immer weg. Er ertränkte sie in der Regentonne.

Doch durch Krankheiten und die nahegelegene Straße war die Katzenpopulation auf diesem Hof sehr geschwächt. Es lebten nur noch Carla, Eva, Betty und der Kater Stani hier. Die Mäuse nahmen rapide zu. Deshalb hatte der Bauer beschlossen, dass Carla ihre Jungen großziehen durfte.

Sie zeigte ihren Babys alles, was sie später wissen mussten, um zu überleben.

Als Mienchen vier Wochen alt wurde, überraschte die kleine Katzenfamilie ein Gewitter. Die beiden Babys wurden bis auf die Haut durchnässt. Ein paar Tage später bekam Mienchen einen schlimmen Schnupfen. Sie hatte Fieber und hustete oft. Ihre Augen waren verklebt.

Zur selben Zeit kauften ein Mann und eine Frau Obst, genau bei diesem Bauern. Sie sahen das kranke Kätzchen und fragten, ob sie es haben könnten. Denn sie kannten die Mentalität der meisten Bauern: Für ein nutzloses Tier gab man kein Geld aus. Wenn es krank wurde, musste es sehen, wie es zurechtkam.

Der Bauer war froh und gab die Katze mit. So brauchte er sich wenigstens nicht mehr um sie zu kümmern.

Mienchen ist schwer krank

Katrin und Michael, so hießen die beiden Menschen, wollten das Kätzchen behalten. Sie nannten es Mienchen. Sie hatten schon zwei Kater, Felix und Willi. Diese mochten das kleine Katzenmädchen sofort. Willi leckte ihr das Fell und Felix legte sich zu ihr auf die Decke.

Der Kleinen ging es aber gar nicht gut. Sie bekam kaum Luft und hatte hohes Fieber. Die Menschen fuhren mit ihr zur Tierärztin Frau Beneck. Diese behielt das Kätzchen bei sich. Sie rief die beiden ein paar Tage später an und sagte: „Es ist das Beste, Sie kommen her und verabschieden sich von der Kleinen. Es schlagen keine Medikament an und ihr geht es unverändert schlecht." Katrin und Michael fuhren sofort los. Die Ärztin zeigte ihnen die Kleine. Sie wollte das Katzenkind erlösen. Katrin war auch schon einverstanden. Michael aber überhaupt nicht. Er dachte daran, wie lange Mienchen schon gekämpft hatte und dass er es auch nicht übers Herz bringen würde, sie gehen zu lassen. Deshalb sagte er zu Frau Beneck: „Können Sie es nicht noch einmal mit einem anderen Medikament versuchen? Sie ist doch eine Kämpferin und noch so jung." – „Gut, ich versuche es noch einmal mit einem Hundemedikament. Doch wenn es dann nicht besser wird, werde ich sie erlösen", antwortete die Tierärztin.

Mienchen geht es besser

Frau Beneck verabreichte Mienchen das Medikament und sagte zu ihr: „Nun werd aber bald gesund, kleine Maus. Du willst doch leben, bist außerdem viel zu jung, um schon zu sterben."

Mienchen miaute kurz und schlief gleich wieder ein. Sie fühlte sich nicht sehr wohl. Als sie aufwachte, ging es ihr besser. Nach ein paar Tagen war sie gesund.

Frau Beneck ließ die kleine Katze aus ihrem Käfig und diese lief in der Krankenstation herum und miaute, als wollte sie allen erzählen, dass sie wieder genesen war. Die Tierärztin freute sich, dass das Medikament angeschlagen hatte. Sie rief Katrin und Michael an, und diese waren überglücklich und holten das kleine Katzenmädchen nach Hause.

Zu Hause angekommen, durfte sie zu den beiden Katern.

Mienchen, Felix und Willi

Die drei Katzen verstanden sich ausgezeichnet. Sie kuschelten oft gemeinsam auf der Couch.

Mienchen hatte aber zu Willi ein ganz besonderes Verhältnis. Der Kater war ihr bester Kumpel.

Felix lag zwar auch ab und zu mit der Kleinen zusammen, doch im Allgemeinen wollte er seine Ruhe haben. Mittlerweile war er auch schon 16 Jahre alt und ihn plagten einige Zipperlein.

Willi und Mienchen hingegen tobten sehr oft gemeinsam durch das Haus. Sie hatten auch einen großen Kratzbaum und dieser wurde oft unsicher gemacht.

Mienchen fühlte sich wieder vollkommen gesund. Sie war eine sehr gesprächige Katze und musste immer jedem alles erzählen.

Sie trickste Willi manchmal aus. Wenn er ganz oben auf dem Kratzbaum lag, aber sie selbst dort liegen wollte, gab sie vor, unten mit einer Maus zu spielen. Willi wurde neugierig und verließ seinen Lieblingsplatz und schwuppdiwupp war Mienchen oben.

Ein anderes Mal gab es gebratene Leber. Das war das Lieblingsessen von allen drei Katzen. Doch weil Mienchen in ihren Babytagen kaum etwas zu futtern bekommen hatte, klaute sie jetzt oft das Essen der beiden Kater. Das war auch an diesem Tag so. Sie lief zu Willis Napf und verschwand mit einem großen Stück Leber. Sie verschlang das Stück in Sekundenschnelle, um gleich wieder an Felix' Napf zu laufen. Dann ging sie zu ihrem Futter und die Kater hatten das Nachsehen.

Mienchen darf in den Garten

Mienchen war nun schon mehrere Monate bei ihren Menschen. Ihr ging es gut, jetzt durfte sie auch mit den beiden älteren Katern in den Garten.

Bald gewöhnte sie sich daran und nichts war draußen vor ihr sicher. Sie kletterte auf die höchsten Bäume, sodass es ihren Menschen angst und bange wurde. Doch sie kam immer wieder herunter. Sie war eben ein schlaues Katzenmädchen.

Dann kam der Tag, an dem sie rollig wurde. Ihre Menschen merkten es daran, dass sie draußen irgendetwas suchte und immerzu miaute. Deshalb fingen sie das Kätzchen ein. Was gar nicht so einfach war. Sie rannte durch ein paar Nachbargärten, doch dann lockte Katrin die Kleine mit einem Leckerchen. Weil die Katze sehr verfressen war, konnte sie Mienchen fangen. Anschließend vereinbarte Katrin einen Termin mit Frau Beneck zur Kastration von Mienchen. Als der Zeitpunkt gekommen war, brachte sie die Katze morgens zur Tierärztin und holte sie abends wieder ab. Das Katzenmädchen überstand alles sehr gut.

Ein paar Wochen später durfte sie wieder in den Garten. Doch dieser war ihr zu klein. Das Haus in dem ihre Menschen wohnten, grenzte an ein großes Feld. Dort lief sie immer hin und beobachtete die kleinen Tiere. Ab und zu brachte sie auch eine lebende Maus mit nach Hause, was Katrin ganz und gar nicht gefiel. Sie ekelte sich vor Mäusen. Michael fing sie immer mit einer Wurstzange und brachte die Mäuse zurück in den Garten. Katrin kaufte sehr oft Wurstzangen.

Felix geht über die Regenbogenbrücke

Der Sommer fing gerade an, es war schon sehr warm draußen. Katrin und Michael verbrachten jede freie Minute mit ihren drei Katzen im Garten.

Felix suchte sich oft ein ruhiges Plätzchen, an dem er immer den ganzen Tag verschlief. Mienchen und Willi tobten durch die Gegend. Sie lauerten den Vögeln auf und Willi fing auch manchmal einen und brachte ihn, zum Leidwesen seiner Menschen, nach Hause. Sehr oft konnte Michael die Gefiederten retten. Einmal brachte Willi hintereinander drei ganz junge Grünfinken mit. Katrin setzte sie in eine Pappschachtel und fuhr mit ihnen in eine Vogelauffangstation.

Felix beteiligte sich schon seit geraumer Zeit nicht mehr an diesen Aktionen. Er konnte nicht mehr gut sehen, auch sein Gehör funktionierte kaum noch. Katrin und Michael wussten, dass es bald so weit sein würde und sie sich von Felix verabschieden müssten. Willi und Mienchen gingen sehr liebevoll mit dem alten Kater um. Oft lagen sie dicht bei ihm und wärmten sein Fell. Oder sie leckten ihn an den Stellen, wo er durch sein Alter nicht mehr hinkam.

Eines Morgens war es dann so weit, Felix kam nicht mehr aus seinem Körbchen. Er lag apathisch da und reagierte nicht auf das Rufen seiner Menschen. Michael sagte zu Katrin: „Nun ist es so weit, wir müssen ihn gehen lassen. Leiden soll er nicht." Katrin holte unter Tränen die Transportbox und setze den Kater vorsichtig hinein. Dann fuhren sie zu Frau Beneck. Diese untersuchte ihn und sagte zu den beiden: „Seine Nieren haben versagt, es ist wirklich das Beste für ihn. Ich gebe ihm erst ein Narkotikum und dann die andere Spritze." Katrin nahm ihn noch ein letztes Mal auf den Arm und verabschiedete sich von Felix. Michael wartete draußen, er konnte das alles nicht mit ansehen.

Als der Kater gegangen war, wickelte die Tierärztin Felix in das mitgebrachte Handtuch und legte ihn in einen Beutel. Darin konnte er begraben werden. Michael und Katrin hatten beschlossen, ihren geliebten Kater, der sie eine lange Zeit begleitet hatte, in ihrem Garten zu bestatten.

Katrin nahm das kleine Bündel und ging nach draußen. Michael weinte, er tat sonst nur immer so stark. Sie fuhren nach Hause und beerdigten Felix. Katrin sagte noch ein feierliches Gedicht auf und dann gingen sie ins Haus.

Doch das Leben ging weiter, schließlich hatten sie noch zwei andere Katzen.

Mienchen ist betrunken

Die erste Zeit suchten Mienchen und Willi nach Felix. Doch mit der Zeit kehrte wieder Normalität ein.

Die beiden Katzen schlossen sich noch enger zusammen. Willi war ein großer, stattlicher Kater und Mienchen ein kleines, zierliches Katzenmädchen. Wenn sie zusammen in einem Körbchen lagen, sah das sehr lustig aus.

Eines Abends, Michael war zur Chorprobe gegangen und Katrin hatte sich ein Glas Wein eingeschenkt. Sie ging noch einmal in die Küche.

Als sie wiederkam, torkelte Mienchen. Katrin machte sich große Sorgen, doch dann sah sie, dass aus ihrem Weinglas etwas fehlte. Sie zählte eins und eins zusammen: Hatte doch dieses kleine Luder Wein getrunken! Deshalb torkelte sie auch. Katrin legte die Katze in ihr Körbchen und ließ sie ihren Rausch ausschlafen.

Am anderen Morgen ging es der Katze wohl nicht allzu gut, sie saß sehr oft am Trinknapf. Mienchen hatte einen ausgeprägten Kater. Sie trank nie wieder Alkohol.

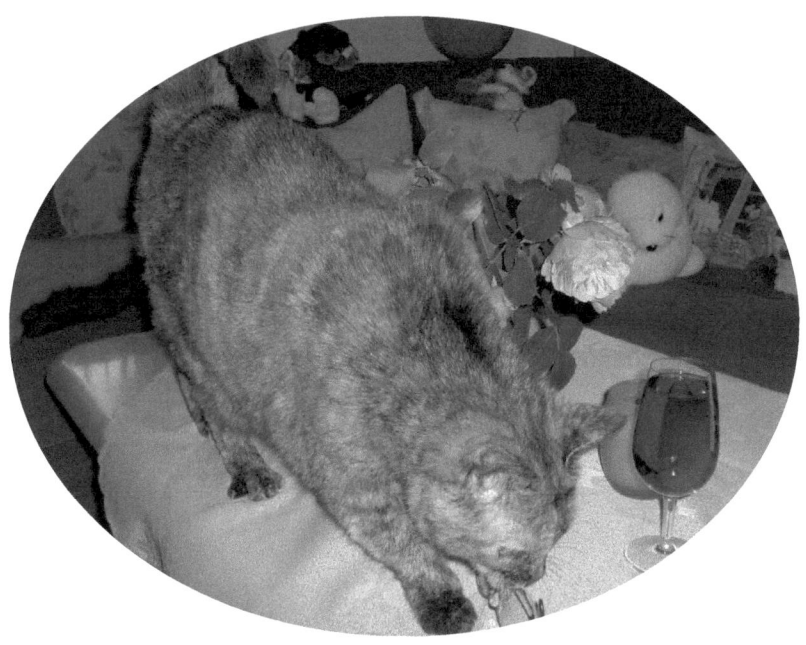

Mienchen und die Maus

Eines Tages wollten Katrin und Michael ausgehen. Sie zogen sich schick an und fuhren los.

Sie bemerkten nicht, dass Mienchen am Nachmittag eine lebendige Maus mit in die Küche gebracht hatte. Als ihre Menschen weg waren, spielten Willi und die Kleine mit der Maus.

Irgendwann war es Willi aber zu viel und er deckte den leeren Futternapf über das Mäuschen.

Als dann ihre Menschen wiederkamen, wunderte sich Katrin, warum der Fressnapf umgekippt dalag. Sie drehte ihn um und die kleine Maus kam zum Vorschein. Katrin schrie hysterisch: „Michael, schnell, schaff die Maus weg!" Doch Mienchen war sofort zur Stelle und fing das kleine Ding. Willi wollte aber auch mitmischen. Dadurch entwischte die Maus unter den Küchenschrank. Katrin stand inzwischen auf einem Stuhl und schrie ihren Mann an: „Michael, tu doch endlich was!" Er nahm wieder einmal die Wurstzange, fing die völlig verdatterte Maus und brachte sie, im Schlafanzug, nach draußen. Die beiden Katzen gingen beleidigt in ihr Körbchen.

Mienchen und der große Hund

An einem schönen Sommertag ging Mienchen früh aus dem Haus. Sie wollte wieder Mäuse jagen. Die kleine Katze lief aufs Feld und legte sich auf die Lauer. Es dauerte auch nicht lange, da fing sie eine schöne dicke Feldmaus; und weil sie nicht viel Katzenfutter gefrühstückt hatte, verspeiste sie das Mäuschen. Dann wurde sie müde und lief langsam zurück zum Haus, um ein bisschen zu schlafen. Auf dem Weg dorthin begegnete sie einem großen Hund, sie hatte auch gar keine Angst.

Deshalb blieb sie stehen, der Hund schnüffelte an ihrer Nase und dann schlabberte er sie ab. Eigentlich jagte er immer Katzen, doch diese benahm sich so ganz anders als die anderen.

Katrin hatte alles vom Fenster ihres Hauses aus beobachtet und lief zu ihrer Katze hin. Sie hatte Angst um Mienchen. Der Besitzer des Hundes sagte zu Katrin: „Das verstehe ich nicht, mein Hund mag sonst gar keine Katzen. Ich muss immer aufpassen, dass er ihnen nichts tut." Katrin war froh, dass der Hund sich dieses Mal anders verhielt. Sie nahm Mienchen auf den Arm und ging ins Haus. Katrin wusste zu diesem Zeitpunkt noch nicht, dass Mienchen schon erblindet und deshalb nicht wie fast jede andere Katze weggelaufen war.

Die Familie zieht um

Katrin und Michael lebten jetzt sechs Jahre in dem Haus zur Miete. Doch langsam wurden sie älter und deshalb war es den beiden einfach zu groß. Sie suchten sich eine hübsche kleine Wohnung, aber auch mit einem Garten. Denn sie wollten, dass es ihren Katzen gut ginge.

Die Kisten wurden gepackt. Die Katzen halfen fleißig mit, indem sie sich immer in den Kartons versteckten. Nur Mienchen lief immer gegen die Kisten und bei den Menschen kam der Verdacht auf, dass sie blind sei. Deshalb fuhren sie mit ihr zu Frau Beneck. Diese stellte dann auch fest, dass sich beide Netzhäute gelöst hatten. Sie konnte leider nichts mehr tun. Doch sie sagte zu den beiden: „Ihre Katze kommt mit ihrer Blindheit sehr gut zurecht, Sie dürfen nur nichts in ihrer Wohnung verändern. Ich denke, dass Mienchen schon eine Weile nichts mehr sehen kann. Tiere gewöhnen sich an so etwas viel schneller als wir Menschen. Doch wenn Sie merken, dass die Kleine Schmerzen hat, kommen Sie umgehend zu mir. Ich werde sie dann operieren. Es kann nämlich sein, dass der Augeninnendruck so stark wird, dass es ihr wehtut." Katrin und Michael versprachen es und fuhren mit ihrer Katze nach Hause.

Ende September bekamen Katrin und Michael die Schlüssel für ihre neue Wohnung. Sie fuhren dorthin und ließen schon das neue Schlafzimmer einbauen, das sie sich extra bestellt hatten. Außerdem brachte Michael Regale und andere nützliche Dinge an den Wänden an. Die Küche war auch schon vollkommen eingerichtet. Auch im Arbeitszimmer standen alle Möbel. Deshalb nahmen sie die Katzen einen Tag vor dem Umzug mit in die neue Wohnung, damit sie sich schon einmal eingewöhnen könnten.

Dann kam der Tag des Umzugs. Den Eheleuten halfen ein paar Chorkollegen von Michael. Die Katzen waren trotzdem ziemlich aufgeregt. Sie mochten keine Veränderungen.

Mienchen verläuft sich

Katrin hatte ein paar Tage Urlaub genommen, um alle Sachen in den Schränken zu verstauen. Mienchen und Willi gewöhnten sich langsam an die Wohnung. Sie hatten auch alles, was sie brauchten: einen großen Kratzbaum, jedes seinen Futter- und Wassernapf, ganz viel Spielzeug und ein paar kuschlige Decken und Körbchen.

Mienchen und Willi mussten in der neuen Wohnung sechs Wochen bleiben, bis sie in ihren neuen Garten durften. Erst passte Katrin auf, damit die beiden Katzen auch in der Nähe blieben, doch dann wurde sie durch eine Nachbarin abgelenkt. Als es Fütterungszeit war, rief sie ihre Katzen, aber nur der Kater kam. Katrin und Michael suchten Mienchen überall, sie fuhren sogar zu ihrem ehemaligen Haus. Doch nirgends war etwas von der Kleinen zu sehen.

Michael rief bei der Polizei an und fragte die Beamten, ob sie sich in der Nacht, wenn sie Streife fahren würden, nicht ein bisschen umschauen könnten.

Die Nacht war furchtbar für die beiden Menschen, sie konnten kaum schlafen. Am anderen Morgen, gegen sieben Uhr, rief ein Wachtmeister an. Er sagte, dass sie eine Katze gefunden hätten, auf die die Beschreibung von Mienchen passe.

Die Eheleute holten den Transportkorb und fuhren sofort los. Als sie in der Polizeiwache eintrafen, rief Katrin nach Mienchen. Diese kam so schnell angaloppiert und sprang ihr auf den Arm. Da sprach der Polizist: „Ich glaube, da brauchen Sie mir keinen Ausweis zu zeigen. Dass diese Katze Ihnen gehört, das sieht man."

Katrin und Michael bedankten sich bei dem Polizisten. Später brachten sie, als kleines Dankeschön, noch Kuchen vorbei.

Als sie zu Hause ankamen, futterte Mienchen ihren Napf leer und schlief den ganzen Tag. Sie war froh, endlich wieder bei ihren Menschen zu sein.

Mienchen und der fremde Kater

Nach dieser ganzen Aufregung blieb Mienchen lieber ein paar Wochen im Haus, doch dann hatte auch sie sich an alles gewöhnt. Jetzt konnte Mienchen in den Garten und sie fand auch immer wieder nach Hause.

Eines Abends, es war noch angenehm warm, saßen Katrin und Michael mit ihren Katzen im Garten. Mienchen butscherte bei ein paar Sträuchern herum, Willi lag auf der Gartenliege, als plötzlich ein fremder Kater in den Garten kam. Katrin streichelte ihn gleich. Er war in letzter Zeit schon öfter hier gewesen und deshalb stellte sie ihm immer Futter hin.

Katrin hatte in ihrer Umgebung überall Plakate aufgehängt, um seinen Besitzer zu ermitteln. Doch es meldete sich niemand bei ihr. Wahrscheinlich hatte ihn jemand ausgesetzt oder er kam von einem nahegelegenen Bauernhof. Er war auch nicht kastriert, deshalb wollte er sein Revier verteidigen. Er überfiel Mienchen und verletzte diese sehr schlimm. Willi stürzte sich zwar auf ihn, aber für Mienchen war es schon zu spät, sie blutete am Hals.

Katrin brachte die Kleine sofort ins Haus und versorgte die Wunde. Am anderen Morgen war diese aber so entzündet, dass Mienchen zur Tierärztin musste. Es hatte sich eine Eiterbeule gebildet, die Frau Beneck aufschnitt. Sie gab der Katze noch eine Spritze mit einem Antibiotikum und sagte dann zu Katrin: „Kommen Sie übermorgen wieder, dann bekommt sie noch eine Spritze." Es dauerte auch nicht lange und die Wunde war wieder zugeheilt.

Den Kater fing Katrin ein paar Tage später ein und ließ ihn kastrieren. Sie wollte ihn eigentlich behalten, doch er war ein absoluter Einzelkater. Deshalb vermittelte sie ihn an ein älteres Ehepaar, bei diesem ging es ihm gut.

Mienchen wird angeschossen

An einem schönen Frühlingstag lief Mienchen in den Garten des Nachbarn. Dieser mochte keine Katzen. Er hatte eine Taubenzucht, und bekanntlich fingen Katzen Vögel. Eigentlich war Willi der Vogelfänger, Mienchen mochte mehr die Mäuse. Sie hatte alle Wühlmäuse aus den umliegenden Gärten verscheucht.

Doch zurück zum Nachbarn, er sah Mienchen und weil er schlechte Laune hatte, nahm er sein Luftgewehr und schoss auf die arme Katze. Er traf sie am Hals. Sie merkte nur ein kurzes Brennen und dann war alles wieder gut. Willi leckte ihre Wunde und nach ein paar Tagen konnte man nichts mehr sehen.

Mienchens Menschen merkten es erst viel später, weil die Kugel sich verkapselt hatte. Die Tierärztin war der Meinung, dass eigentlich nichts mehr passieren könne. Trotzdem solle Katrin es im Auge behalten, denn wenn die Kugel wandere, müsse sie herausoperiert werden.

Mienchen wird gestohlen

Seit ein paar Tagen verschwanden immer wieder Katzen. Doch Katrin und Michael bekamen das nicht mit. Deshalb durften ihre beiden auch hinaus. Willi ging sowieso nie in die Nähe fremder Menschen, er hatte Angst. Mienchen hingegen war gegenüber Fremden immer sehr zutraulich. So geschah es, dass sie auch keine Angst hatte, als ein Tierfänger sie lockte.

Er verkaufte gestohlene Katzen an das nahegelegene Versuchslabor. Dieses arbeitete im Auftrag der Chemie-Industrie. Dort wurden Mäuse, Ratten, Kaninchen, Hunde, Katzen und sogar Affen in qualvollen Tierversuchen langsam vergiftet und getötet.

Eigentlich züchtete das Versuchslabor seine Tiere selbst, nur manchmal hatten sie Engpässe und kauften die Probanden von Tierfängern, was natürlich niemand wissen durfte.

Doch zurück zu unserem armen Mienchen. Der Tierfänger steckte sie in eine Box und stellte diese ins Auto. Darin standen schon mehrere Transportkörbe mit Katzen darin.

Er hatte genug Tiere gefangen und fuhr los. Der Kerl brachte die Katzen ins Labor. Jürgen, ein Mitarbeiter, nahm die Tiere in Empfang und bezahlte den Tierfänger, es hatte sich für diesen gelohnt. Er verabschiedete sich mit den Worten: „Wenn ihr wieder Tiere braucht, ruft mich einfach an. Es gibt genug Katzen."

Der Laborant brachte die Tiere in einen separaten Raum. Er steckte sie in die dafür vorgesehenen Käfige. Mienchen wurde mit noch einer Katze eingesperrt. Sie hatte große Angst.

Am anderen Morgen holte Jürgen Mienchen aus dem Käfig und wollte ihr etwas in ihr linkes Auge spritzen, doch dann bemerkte er, dass die Katze blind war. Er rief seinen *Lieferanten* an und sagte zu ihm: „Du hast mir eine blinde Katze untergejubelt! Was soll ich denn mit der machen? Für die Versuchsreihe kann ich die nicht gebrauchen. Bei der nächsten Lieferung bekomme ich eine Katze umsonst! Verstanden, du Idiot?" Dann legte er auf. Mienchen setzte er zurück in den Käfig. Er dachte: „Vielleicht kann ich sie ja für die nächste Versuchsreihe nehmen. Mal sehen."

Katrin und Michael suchen Mienchen

Katrin und Michael suchten Mienchen überall, doch nirgends war die Katze zu finden. Auch die Polizei konnte dieses Mal nichts für sie tun.

Michael meldete es „Tasso", dort war Mienchen registriert. Er bekam Plakate, die er überall aufhängte. Außerdem ließ er Postkarten drucken, die steckte er in jeden Briefkasten in der Umgebung. Dann gab es auch noch diverse Internetseiten, wo man sein verlorengegangenes Tier eintragen konnte. Doch niemand hatte Mienchen gesehen.

Nur einen Anruf bekam Michael. Eine Frau erklärte am Telefon, dass sie vor Kurzem, als sie gerade von der Spätschicht nach Hause gekommen sei, ein merkwürdiges Geräusch aus einem Fahrzeug wahrgenommen hätte. Doch als sie hineinschauen wollte, sei ein Mann gekommen und habe sie weggejagt. Er hätte eine Transportbox getragen. Weil sie aber sehr müde gewesen sei, habe sie auch nicht weiter nachgedacht und den Vorfall vergessen. Doch durch die Postkarte erinnerte sie sich wieder daran.

Michael ging zur Polizei und meldete es. Die Polizisten meinten, dass schon mehrere Leute aus der Umgebung ihre Katzen vermissen würden. Doch sie könnten nur gegen unbekannt ermitteln und solange sie keine Anhaltspunkte hätten, sei es aussichtslos.

Im Versuchslabor

Mienchen hatte in der Zwischenzeit große Angst. Sie konnte nicht sehen, was um sie herum vorging. Doch ihre Ohren und ihr Geruchssinn waren in Ordnung. Sie merkte, dass hier Schreckliches passierte. Es roch nach Angst –und die anderen Tiere schrien und jammerten. Die Katze, die neben Mienchens Käfig eingesperrt war, wimmerte. Ihr rechtes Auge war verletzt.

Jürgen startete gerade eine neue Versuchsreihe. Es sollte Eyeliner an den Katzen ausprobiert werden.

Viele Tiere bekamen erst eine Injektion und dann wurde ihnen eine Flüssigkeit ins Auge getropft. Dieses entzündete sich sofort oder, was noch viel schlimmer war, es verätzte.

Doch Mienchen ließ der Laborant Jürgen in Ruhe. Er dachte auch schon gar nicht mehr an sie. Die Katze bekam deshalb auch nur ab und zu Futter und, was noch schlimmer war, kaum Wasser. Sie hatte so schrecklichen Durst.

Mienchen wird befreit

Ein paar Monate später. Renate, die Putzfrau, wollte in dem Raum, in dem Mienchen saß, sauber machen. Sie sah die armen Katzen im Käfig sitzen. Sie taten ihr so unendlich leid. Zwei Katzen hatten total entzündete Augen. Das arme Mienchen war sehr mager und ihr Fell sah struppig aus.

Renate musste etwas tun, sie konnte es nicht länger mit ihrem Gewissen vereinbaren. Deshalb fasste sie den Entschluss, die Tiere zu befreien und dann ihren Job zu kündigen.

Sie hatte einmal gelesen, dass es heutzutage gar nicht mehr notwendig sei, diese Kosmetikprodukte an Tieren zu testen. Man könne in unserem Zeitalter der Technik alles mit Zellkulturen oder mit dem Computer prüfen.

Eines Nachts, als Renate gerade anfangen wollte, sauber zu machen, lag ein Schlüsselbund auf dem Tisch. Sie überlegte nicht lange, nahm ihn und öffnete die Käfige der sechs Katzen, die im Raum standen. Dann schloss sie noch die Eingangstür auf und scheuchte die Tiere nach draußen. Sie flüsterte: „Schnell, versteckt euch, vielleicht findet euch jemand und bringt euch ins Tierheim."

Nadine findet Mienchen

Mienchen fand sich aber gar nicht zurecht. Weil sie nichts sah und sie nur den engen Käfig gewohnt war, musste sie sich erst an die Welt hier draußen gewöhnen. Deshalb suchte sie sich einen Platz, wo sie sich orientieren konnte. Die Katze war nur wenige Kilometer von ihrem Zuhause entfernt, doch das wusste sie nicht.

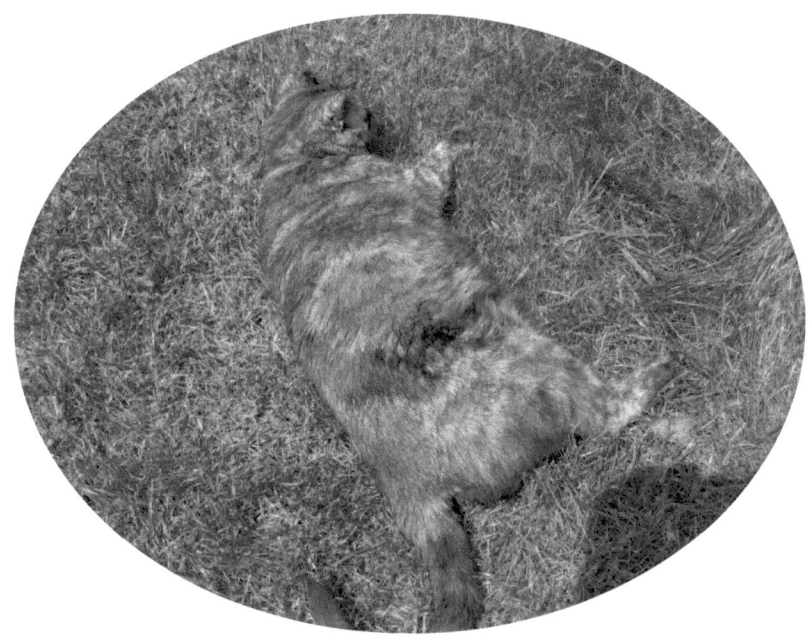

Es wurde Zeit, dass sie weiterlief, sie hatte Hunger und entsetzlichen Durst. Eine junge Frau fand das Kätzchen. Mienchen sah entsetzlich aus, total mager und mit sehr struppigem Fell. Nadine, so hieß die Frau, bekam einen Schreck, als sie Mienchen hochhob. Die Katze war sehr leicht, Nadine sagte: „Um Gottes Willen, was haben sie denn mit dir gemacht? Welches Monster hat dich so gequält? Ich nehme dich erst einmal mit zu mir und versorge dich, dann fahren wir anschließend zum Tierarzt."

Sie hatte es nicht weit bis nach Hause. Dort angekommen, bekam Mienchen etwas zu essen und Wasser. Die Katze stürzte sich auf das Wasser, sie hatte schon drei Tage nichts bekommen. Anschließend futterte sie den ganzen Napf leer. Dann legte sie sich auf die Decke und schlief ein.

Mienchens Traum

Mienchen konnte in ihrem Traum wieder sehen. Sie träumte von einer grünen Wiese und ihrem Freund Willi, sie jagten gemeinsam nach Schmetterlingen. Doch dann wurde es dunkel und ein Mensch steckte sie in einen engen Käfig, er holte eine stinkende Flüssigkeit und tropfte sie in ihre Augen. Sie hatte entsetzliche Schmerzen.

Dann war sie bei den Ratten im Käfig und diese zitterten vor Angst. Sie quickten zum Herzerweichen. Mienchen wollte sie trösten, doch dann wurde sie schon aus dem Käfig geholt und sie war wieder auf einer Wiese, doch das Gras war schwarz, es gab keine Blumen oder Insekten, alles war tot. Sie wollte sich schon zum Sterben hinlegen, aber auf einmal schien die Sonne. Eine junge Frau nahm sie hoch und alle ihre Schmerzen waren vorbei. Sie sah einen Regenbogen und viele bunte Blumen, auch ihre Menschen waren wieder bei ihr.

Plötzlich erwachte Mienchen, Nadine streichelte sie zärtlich. Die kleine Katze hatte im Schlaf gewimmert.

Nadine nahm sie auf den Arm und erschrak jedes Mal wieder, wie leicht und zerbrechlich doch diese Katze war. Sie setzte sie in einen Transportkorb und sprach beruhigend auf sie ein: „Kleine Maus, jetzt fahren wir erst einmal zu Frau Beneck und dann bekommst du etwas gegen deine Schmerzen."

Mienchen bei Nadine

Sie fuhren los. Leider hatte Frau Beneck Urlaub und eine Vertretung behandelte Mienchen. Der Tierarzt sagte zu Nadine: „Unmöglich, was manche Menschen mit den armen Tieren anstellen. Sie ist total ausgetrocknet. Es ist fast so, als hätte jemand an ihr ausprobieren wollen, wie lange sie ohne Wasser auskommt. Ich werde ihr erst einmal eine Infusion geben, damit sie wieder Flüssigkeit in ihren Körper bekommt."

Es wird eine Weile dauern, bis wir die Katze wieder gesund bekommen. Aber ich bin ganz zuversichtlich. Ich glaube zudem, dass die Katze blind ist. Doch das sollte sich ein Spezialist anschauen, es gibt hier ganz in der Nähe einen hervorragenden Tierarzt, der sich mit Augenkrankheiten auskennt. Ich rufe ihn gleich an und vereinbare einen Termin für Sie."

Der Arzt rief bei seinem Kollegen an und Nadine sollte am besten heute noch vorbeikommen.

Sie fuhr erst einmal wieder nach Hause. Dort wartete ihr Freund. Sie erzählte ihm gleich alles über Mienchen, wie und wo sie das arme Tier gefunden hatte. Ihr Freund, Jürgen, erschrak, als er Mienchen sah, das war eines von den freigelassenen Tieren!

Er wusste, dass Nadine sich von ihm trennen würde, wenn alles herauskäme.

Er mochte keine Tiere, schon gar keine Katzen. Er war der Laborant im Versuchslabor. Natürlich konnte er seiner Freundin nicht erzählen, dass die Katze aus seinem Labor stammte. Aber er wollte dafür sorgen, dass dieses Vieh eingeschläfert würde. Er musste trotzdem diplomatisch vorgehen, denn Nadine liebt Tiere, vor allem Katzen. Sie bekam als Kind einen Kater, der viele Jahre bei ihr gelebt hatte. Deshalb sprach er zu ihr: „Nadine, was willst du mit dieser Katze? Schleppst hier eine kranke Katze ins Haus. Wer weiß, was die alles hat. Schau dir das arme Vieh doch an, wenn schon zum Tierarzt, dann am besten einschläfern lassen. Das wäre für sie wohl das Beste."

Doch davon wollte die junge Frau nichts hören, im Gegenteil, sie wurde wütend. Sie antwortete ihm: „Ich weiß nicht, was diese arme, kleine Katze schon alles durchgemacht hat, doch eins weiß ich: Dass ich sie nicht einschläfern lassen werde. Im Gegenteil, ich fahre heute Nachmittag zum Augenarzt. Und noch etwas, ich gehe jetzt gleich zur Polizei und mache eine Anzeige gegen unbekannt wegen schlimmer Tierquälerei!"

„Na toll", dachte Jürgen, „wenn die eins und eins zusammenzählen, werden sie sicher bald den Zusammenhang zwischen Katze und Versuchslabor erkennen." Nicht, dass er Angst vor irgendwelchen Konsequenzen gehabt hätte, denn das Labor machte ja nichts Verbotenes, außer dass die Polizei hätte herausbekommen können, dass ein paar Katzen auf nicht legalem Weg ins Labor gelangt waren. Aber wenn das an die Öffentlichkeit kommen würde, gäbe es wieder unschöne Debatten unter den Leuten. Das Versuchslabor war sowieso schon nicht gut angesehen.

Auch Mienchen erkannte ihren Peiniger sofort wieder. Sie zitterte vor Angst. Oft genug ging er an ihrem Käfig vorbei. Er hatte nie ein nettes Wort für sie und die anderen Katzen übrig gehabt.

Irgendetwas stimmt nicht

Mittlerweile hatte man auch die anderen Katzen gefunden und sie zum selben Tierarzt gebracht wie Mienchen. Dieser machte sich so seine Gedanken, irgendetwas stimmte nicht. Er glaubte nun nicht mehr, dass ein Tierquäler am Werk gewesen sei.

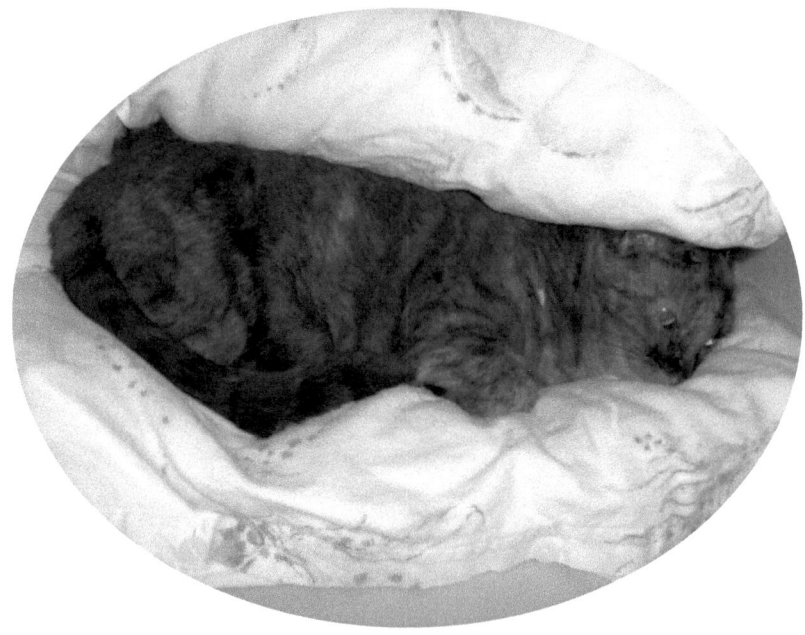

Er dachte sich, dass es wahrscheinlich etwas mit dem nahegelegenen Versuchslabor zu tun haben müsse. Wahrscheinlich waren Tierschützer eingebrochen und hatten die Katzen befreit. Er wollte der Sache nachgehen, denn er gehörte zum

Verein „Ärzte gegen Tierversuche". Deshalb rief er gleich einen Kollegen an und erzählte ihm alles. Sie verabredeten sich für den Abend.

Später klärten sie den ganzen Sachverhalt auf und gingen an die Öffentlichkeit, sie appellierten an die Menschen, dass Tierversuche im heutigen Zeitalter der Computertechnik überhaupt nicht mehr nötig seien. Sie und die anderen Ärzte erreichten ein Verbot der Tierversuche in der Kosmetikindustrie.

Mienchen beim Spezialisten

Doch zurück zu unserem Mienchen. Nadine fuhr mit ihr zu dem Spezialisten, der ihr empfohlen worden war. Dieser untersuchte die Augen der Katze, machte verschiedene Tests und stellte fest, dass Mienchen schon lange blind sein musste. Er wollte beide Augen operieren und anschließend zunähen, damit sich die Augäpfel erholen könnten. Er sagte zu Nadine: „Sie wird zwar nicht wieder sehen können, aber auch keine Schmerzen mehr haben. Denn der Augeninnendruck verursacht ihr Schmerzen." Sie vereinbarten einen Termin und Nadine fuhr mit Mienchen nach Hause. Für sie stand fest, dass sie dieses arme Geschöpf behalten würde.

Doch sie hatte nicht mit Jürgen gerechnet, der war strikt dagegen. Er stellte sie vor die Wahl: „Die Katze oder ich." Nadine entschied sich für Mienchen, denn in letzter Zeit kriselte es sehr zwischen den jungen Leuten. Jürgen war so furchtbar gefühlskalt. Sie wusste gar nicht, wie sie sich in so einen Typen hatte verlieben können.

Also packte er seine Sachen und zog vorerst zu seiner Mutter. Nadine hörte nie wieder etwas von ihm.

Mienchen wird operiert

Dann kam der Tag, an dem Mienchen operiert werden sollte. Ihr ging es gut, sie hatte sogar ein bisschen zugenommen. Seitdem Jürgen nicht mehr bei Nadine wohnte, war sie auch viel entspannter. Sie merkte, dass Nadine es gut mit ihr meinte. Aber trotzdem wollte sie zurück zu ihren Menschen und Willi, ihrem Katzenfreund.

Nadine setzte Mienchen in den Transportkorb, stellte diesen ins Auto und fuhr los. Beim Tierarzt angekommen, nahm eine Helferin Mienchen entgegen und sagte zu Nadine: „Ich rufe Sie an, wenn die Kleine alles überstanden hat, sie muss nicht hier bleiben. Wir haben die besten Erfahrungen gemacht, wenn die tierischen Patienten bei ihrer Familie gesund werden." So fuhr Nadine wieder nach Hause und wartete auf den Anruf.

Mienchen bekam eine Narkosespritze und wurde operiert. Die Operation verlief sehr gut. Der Arzt nähte vorerst die Augen zu, damit alles gut heilen konnte. Mienchen kam in ihre Box und schlief so lange, bis Nadine sie wieder abholte.

Ein ernstes Gespräch

Ihr Nachbar Peter sah sie kommen. Sie hatte ihm alles über Mienchen erzählt. Peter liebte Tiere, er hatte selbst einmal einen Hund gehabt. Deshalb wartete er auf sie, um zu fragen, wie es der kleinen Katze gehe. Nadine sagte: „Es ist alles gut gegangen, nun müssen die Augen heilen. Aber willst du nicht mit reinkommen? Wir könnten einen Kaffee zusammen trinken." Vorher legte sie Mienchen auf ihre Decke und ließ sie weiterschlafen.

Peter freute sich, denn er mochte Nadine. Sie gefiel ihm sehr. Sie sprachen über viele Dinge, unter anderem auch über Jürgen. Peter sagte: „Nadine, ich habe nie verstanden, dass du so jemanden wie Jürgen lieben konntest. Er arbeitet in einem Versuchslabor, wo man arme Tiere quält. Ich dachte immer, du wärest genauso tierlieb wie ich?" Nadine fiel aus allen Wolken und antwortete: „Das habe ich nicht gewusst, oder denkst du, ich hätte so etwas gebilligt? Mir hat er immer erzählt, er sei Laborant in einer Arztpraxis für Dermatologie. Mir wird ganz schlecht, wenn ich daran denke, dass ich mit so einem Monster Tisch und Bett geteilt habe." Peter antwortete: „Da bin ich aber froh, dass ich mich nicht in dir getäuscht habe. Mir liegt nämlich sehr viel an dir." Und dann küsste er Nadine, die den Kuss erwiderte. Denn auch sie mochte Peter sehr gerne.

Mienchen wird wieder gesund

In der Zwischenzeit wachte Mienchen auf, sie lag auf einer Decke. Nun konnte sie auch nicht mehr hell und dunkel unterscheiden. Weil sie aber wusste, wie es in der Wohnung aussah, fand sie sofort ihr Klo. Dann trottete sie zu ihrem Wassernapf, weil sie ein trockenes Mäulchen hatte. Sie hörte Nadine mit jemand sprechen und ging deshalb in die Küche.

Als sie aber Peters Stimme vernahm, entspannte sie sich. Peter war immer sehr nett zu ihr, deshalb ängstigte sie sich auch nicht. Durch den langen Aufenthalt im Versuchslabor hatten sich ihre

Sinne sehr sensibilisiert. Sie konnte jetzt schon meilenweit vorher erkennen, wer ein böser und wer ein guter Mensch war.

Ihre kleine Seele hatte zwar einen Knacks bekommen, aber trotzdem vertraute sie den Menschen noch.

Peter sah Mienchen und nahm sie auf den Schoß, er streichelte ihr Fell und sie fing seit langer Zeit wieder einmal an, zu schnurren.

Mienchen erholte sich gut, ihre Augen heilten hervorragend. Nach drei Wochen konnten die Fäden gezogen werden. Die Augen unterschieden sich äußerlich kaum von gesunden Augen. Ab und zu tränte das rechte Auge ein wenig, doch das störte sie nicht weiter.

Frau Beneck erkennt Mienchen

Peter und Nadine sahen sich jetzt öfter. Mienchen lebte schon über acht Wochen bei ihr. Sie fühlte sich zwar wohl, doch sie dachte auch oft an die Zeit zurück, bevor sie gestohlen worden war. Sie vermisste ihren Kumpel Willi und ihre beiden Menschen. Dort hatte sie in den Garten gedurft und es war jemand zu Hause gewesen. Hier verbrachte sie immer die Zeit allein, wenn Nadine zur Arbeit musste.

Heute wollte Nadine mit Mienchen noch einmal zum Tierarzt, sie fuhr mit ihr zu Frau Beneck, die mittlerweile aus ihrem Urlaub zurück war.

Nadine nahm im Wartezimmer Platz, als sie aufgerufen wurde, ging sie mit dem Transportkorb ins Behandlungszimmer. Sie nahm Mienchen aus der Box und erzählte Frau Beneck die ganze Geschichte. In welchem Zustand sie die Katze gefunden hatte und wie schlimm sie aussah.

Die Tierärztin sah sich Mienchen genauer an und erkannte ihre Patientin wieder. Sie sprach zu Nadine: „Frau Krämer, ich kenne diese Katze, sie gehört einem Ehepaar, deren Tier auch meine Patienten sind. Diese suchen ihre Katze schon seit mehreren Monaten. Meine Urlaubsvertretung, Herr Möller, hat mir zwar auch die Geschichte der Kleinen erzählt, aber ich wusste nicht, dass es sich um Mienchen handelte, denn so heißt sie."

Als Mienchen ihren Namen hörte, miaute sie. Nadine wurde ganz flau im Magen, sie liebte ihre Katze und wollte sie nicht mehr hergeben. Außerdem hatte sie schon sehr viel Geld für die Operation und das ganze Drumherum bezahlt. Deshalb setzte sie die Kleine wieder in die Box und sprach: „Sie müssen sich irren – und wenn nicht, ist mir das auch egal, diese Katze gehört mir. Wer hat sich denn die ganze Zeit um das todkranke Tier gekümmert? Ich nehme sie wieder mit." Als sie das sagte, liefen ihr die Tränen. Sie ging hinaus und fuhr schnell nach Hause.

Dort angekommen brachte sie Mienchen in die Wohnung. Dann klingelte sie bei Peter und erzählte ihm alles. Dieser sagte zu ihr: „Die Katze gehört nun mal den anderen Leuten. Stell dir vor, deine Katze wäre vor einem halben Jahr weggekommen. Wärst du nicht auch froh, wenn du sie wiederbekommen würdest? Nadine, ruf sie wenigsten an, vielleicht darfst du sie ja behalten." – „Nein, ich will davon nichts wissen, Mienchen gehört mir. Ich habe sie gerettet! Nun geh, ich will alleine sein."

Peter ging traurig nach Hause. Er konnte Nadine nicht verstehen. „Man kann doch eine Katze nicht einfach behalten, wenn man wusste, dass sie jemand anderem gehört. Machte sie sich denn gar keine Gedanken darüber, wie traurig die andere Familie war?"

Michael und Katrin erfahren alles

In der Zwischenzeit rief Frau Beneck bei Michael und Katrin an und erzählte ihnen von Nadine und Mienchen. Michael sagte: „Können Sie uns nicht die Adresse geben, dann fahren wir hin und holen unsere Katze." Doch Frau Beneck antwortete: „Leider unterliegen meine Daten dem Datenschutz, ich darf sie nur herausgeben, wenn die Frau einverstanden ist. Aber wie es aussieht, will sie Ihre Katze behalten. Ich glaube auch nicht, dass sie noch einmal zu mir kommt." Michael sagte: „Aber es ist doch eine Straftat, sie hat unsere Katze einfach behalten, obwohl es nicht ihre ist. Da müsste man doch etwas machen können?"

Doch Frau Beneck erklärte ihm, dass die junge Frau Mienchen vor dem sicheren Tod bewahrt hatte. Sie erzähle ihm alles, was sie wusste.

Michael hatte das Telefon auf laut gestellt, damit Katrin alles mithören konnte. Sie sagte dann: „Wir können sie doch anrufen und mit ihr reden. Ich kann sie verstehen, aber sie muss auch uns verstehen. Außerdem ist da auch noch unser Kater Willi, er vermisst Mienchen sehr."

Frau Beneck antwortet: „Eigentlich darf ich es ja nicht, aber ich gebe Ihnen die Telefonnummer von Frau Krämer. Vielleicht hat sie sich ja alles noch einmal überlegt."

Der Kampf um Mienchen

Katrin rief gleich bei Nadine an, obwohl Michael lieber bis zum anderen Tag gewartet hätte. Er wusste, ihrer Katze ging es gut, da kam es auf einen Tag mehr oder weniger auch nicht darauf an.

Nadine ging ans Telefon und Katrin sagte sofort: „Ich habe gehört, Sie haben unsere Katze gefunden und sie gesund gepflegt. Dafür danke wir Ihnen sehr, natürlich bekommen sie alle Ausgaben von uns zurück. Wann dürfen wir Mienchen abholen?" Nadine sagte nichts, sie legte einfach auf.

Katrin weinte. „Wir werden Mienchen nie wiederbekommen, diese Krämer will sie bestimmt behalten, sonst hätte sie nicht einfach aufgelegt. Was können wir denn noch tun?"

Nadine war auch zum Heulen zumute. Sie wollte und konnte ihr geliebtes Kätzchen nicht mehr hergeben. Sie wusste aber auch, dass die andere Familie Anspruch auf Mienchen hatte. Wenn die zur Polizei gingen, müsste sie Mienchen herausgeben.

Nadine fährt zu ihrer Mutter

Auf einmal hatte sie eine Idee, sie rief in ihrer Firma an und bat um drei Wochen Urlaub. Dann packte sie einen Koffer, sammelte Mienchens Sachen zusammen und stellte alles ins Auto. Sie rief bei ihren Eltern an, ob sie mit ihrer Katze drei Wochen bei ihnen bleiben könne. Ihre Eltern waren sofort einverstanden und freuten sich auf ihre Tochter.

Nadine setzte Mienchen in ihren Transportkorb und dann fuhr sie los. Ihre Eltern wohnten etwa 650 Kilometer entfernt in einem kleinen Ort im Erzgebirge. Nadine machte zwischendurch eine Pause, um Mienchen etwas zu trinken zu geben.

Als sie bei ihren Eltern ankamen, warteten diese schon auf ihr Kind. Sie hatten Nadine lange nicht gesehen. Nadine stellte für Mienchen alle ihre Sachen an den richtigen Ort, ließ sie aus der Box und zeigte ihr alles.

Nadines Eltern, Marlene und Arnold, hatten einen gutmütigen Hund, der auch Katzen mochte. Mienchen fauchte ihn kurz an, doch der Hund ließ sich nicht beeindrucken – und schon war das Eis gebrochen. Von nun an sollte Mienchen einen tollen Beschützer haben.

Bei Nadines Eltern

Die Eltern von Nadine mochten Mienchen sofort. Als Nadine, ihnen auch noch die Geschichte erzählte, wie sie Mienchen gefunden hatte, tat ihnen die kleine Katze unendlich leid. Doch Nadine erzählte vorsorglich nicht, dass sie wusste wem Mienchen gehörte.

Ihre Eltern waren strickte Gegner von Tierversuchen. Sie aßen auch schon sehr lange kein Fleisch mehr.

Das war nicht immer so gewesen, doch als sie sich Benno, ihren Hund, angeschafft hatten, veränderte sich langsam ihr Bewusstsein Tieren gegenüber.

Sie beschäftigten sich viel mit Tierhaltung und dem Transport von Schlachtvieh. Die Zustände in den Schlachthöfen fanden sie unerträglich. Deshalb beschlossen sie beide, kein Fleisch mehr zu essen und Eier nur noch von ihren eigenen Hühnern zu nehmen. Diese hatten es gut bei den Krämers, sie durften ihr ganzes Leben draußen herumlaufen. Auch ihren Hund ernährten sie nur mit Bio-Futter. Marlene hatte einmal gelesen, dass ein Mensch, wenn er kein Fleisch mehr aß, etwa 150 Tieren im Jahr das Leben rettete.

Michael und Katrin

In Hamburg überlegten sich Michael und Katrin, wie sie Nadine doch überreden könnten, dass sie die Katze zurückgibt. Sie bekamen die Adresse übers Internet heraus und fuhren zu ihr hin. Doch leider öffnete niemand die Tür. Sie wollten schon wieder gehen, als Peter aus der Tür trat. Er sah, dass sie bei Nadine geklingelt hatten. Deshalb sprach er sie an: „Sie kommen sicher wegen der Katze? Nadine ist vorhin mit ihr und einem Koffer weggefahren. Aber kommen Sie erst einmal mit zu mir, dort kann man sich besser unterhalten."

Sie gingen in Peters Wohnung. Er bat sie, Platz zu nehmen, und dann erzählte er ihnen: „Ich bin Nadines Freund und habe alles mitbekommen. Nadine hatte Mienchen damals völlig dehydriert und abgemagert gefunden.

Sie ist mit ihr zum Arzt und hat Mienchen operieren lassen. Die Augen von Mienchen konnte man nicht mehr retten, doch alles andere ist wieder in Ordnung.

Warten Sie mal, ich hab ein Bild von der Kleinen." Er zeigte ihnen ein Foto, darauf sah Mienchen ganz gesund aus. „Nadine hängt sehr an Ihrer Katze, sie hat so viel mit ihr durchgemacht, außerdem muss sie immer daran denken, was das arme Kätzchen alles erleiden musste.

Ein bisschen kann ich sie verstehen. Was ich aber nicht verstehe, ist, dass sie einfach die Flucht ergreift und denkt, dass sie den Problemen so entgehen könnte." Michael antwortete: „Wir wollen doch nur mit ihr reden und Mienchen einmal sehen. Wir lieben sie doch auch. Wir haben sie damals vor dem sicheren Tod bewahrt und sie großgezogen. Außerdem hängt unser Kater sehr an ihr. Frau Krämer muss doch einsehen, dass ihr die Katze nicht gehört. Ach und noch etwas, Mienchen war schon blind, als sie noch bei uns lebte."

„Ach so, wir dachten alle, dass sie durch dieses Versuchslabor blind geworden wäre", sagte Peter.

Die Rettung

Mienchen lebte sich schnell ein, dabei half ihr auch Benno. Mit ihm tobte sie immer im eingezäunten Garten herum. Wenn Leute stehen blieben und das Kätzchen lockten, kam der Hund bellend angelaufen und verscheuchte die meisten.

An einem sehr warmen Tag wollte Benno nicht spielen, er legte sich lieber in ein kühles Zimmer.

Mienchen war langweilig, deshalb ging sie in den Garten und kletterte auf den Kirschbaum. Sie beobachtete die Meisen und andere Vögel – oder besser gesagt: Sie hörte und roch die gefiederten Gesellen.

Doch dann wollte sie wieder hinunter, aber irgendwie war alles voller Äste und sie schaffte es nicht von allein. Sie fing an, laut zu miauen.

Nadine war mit ihrer Mutter einkaufen, nur Arnold war noch im Haus. Er hörte die Katze und ging in den Garten. Er lockte Mienchen, doch sie traute sich nicht herunter. Arnold holte eine Leiter, die war aber zu kurz. Es blieb ihm nichts anderes übrig, als die Feuerwehr anzurufen. Diese kam dann auch und rettete Mienchen vom Baum.

Nach dieser Aufregung musste Mienchen sich erst einmal aufs Ohr legen.

Nadines Beichte

Die zwei Frauen waren vom Einkaufen zurück. Arnold erzählte ihnen das Missgeschick von Mienchen. Marlene musste lachen, nur Nadine war so still und in sich gekehrt. Arnold fragte sie: „Was ist los, Kind, du bist so still?" – „Nichts, Papa, alles in Ordnung", antwortete Nadine. Doch ihr Vater ließ nicht locker, er sagte: „Ich kenn' dich schon seit 28 Jahren, irgendetwas ist mit dir. Hast du Ärger in deiner Firma oder mit deinem neuen Freund?"

Da fing Nadine an, zu weinen. Sie erzählte ihnen die ganze Geschichte von Mienchen. Ihre Eltern waren erschüttert. Marlene sagte: „Du darfst Mienchen nicht behalten, sie gehört den anderen Leuten. Das ist Diebstahl. Außerdem lieben sie ihre Katze auch. Ich darf mir gar nicht vorstellen, wenn so etwas mit Benno passiert wäre, wenn er so Schlimmes erlebt und ich ihn hinterher nicht wiederbekommen hätte. Kind, du musst Mienchen zurückgeben. Vor allem musst du mit den Leuten sprechen." Nadine antwortete: „Ja, ich weiß auch, dass ich einen Fehler begangen habe, aber ich liebe Mienchen doch so sehr. Ich kann sie nicht wieder zurückgeben." – „Aber du musst", sagte ihr Vater.

Nadine fährt zurück nach Hause

Nadine packte ihre Sachen und fuhr zurück in Richtung Hamburg. Sie war sehr traurig, denn sie wusste, dass Mienchen nicht mehr lange bei ihr bleiben durfte. Aber es war natürlich besser so, denn sie konnte sich nicht für immer verstecken.

Zu Hause angekommen, packte sie ihre Sachen aus und ließ Mienchen aus der Transportbox. Die Katze legte sich gleich auf die Decke, sie war traurig, weil sie Benno vermisste.

Nadine klingelte bei Peter, er öffnete und war ganz erstaunt. „Hallo, dich hätte ich jetzt nicht erwartet. Komm rein, willst du einen Kaffee? Ich habe gerade frischen aufgebrüht", sagte er. Sie antwortete: „Ich möchte mich bei dir entschuldigen, für mein blödes Verhalten. Ich werde Mienchen zurückgeben. Außerdem habe ich dich vermisst." Er nahm sie in seine Arme und sprach: „Na Gott sei Dank, ich habe schon gedacht, es wäre aus zwischen uns. Wenn du möchtest, können wir Mienchen gemeinsam bei ihren Menschen abgeben." „Ja, das wäre schön", antwortete sie. Sie küssten sich, dann ging Nadine in ihre Wohnung und rief bei Michael und Katrin an. Diese waren total erleichtert und auch mächtig aufgeregt. Endlich würden sie ihr geliebtes Mienchen wiedersehen.

Mienchen kommt endlich nach Hause

Nadine nahm Mienchen ein letztes Mal auf den Arm und weinte in ihr Fell. Die kleine Katze leckte der jungen Frau die Tränen weg. Sie schmiegte sich an sie und schnurrte dabei.

Nadine setzte Mienchen in ihren Transportkorb, klingelte bei Peter und dann fuhren sie los. Michael und Katrin warteten schon vor dem Haus.

Sie baten die beiden jungen Leute in ihre Wohnung. Nadine ließ Mienchen aus dem Korb. Diese erkannte ihr altes Zuhause wieder und als sie miaute, kam Willi aus seinem Versteck. Er hatte immer etwas Angst vor Fremden. Willi roch an Mienchen und auch er erkannte sie sofort. Er leckte gleich ihr Fell. Sie liefen beide in die Küche.

Nadine erzählte noch einmal, wie sie Mienchen gefunden hatte, wie mager sie gewesen war, dass ihre Augen operiert werden mussten und dass der Tierarzt die Augen nicht retten konnte.

Michael antwortete: „Mienchen ist schon lange blind, doch wir haben es auch erst gemerkt, als wir umgezogen sind." Katrin erzählte viele Episoden aus Mienchens Leben. Nadine und Peter lachten ein paar Mal. Dann sagte Michael zu Nadine: „Natürlich erstatten wir Ihnen die ganzen Ausgaben und Sie dürfen uns jederzeit besuchen kommen, um Mienchen zu sehen."

Nadine war so froh, dass endlich wieder Ordnung in ihr Leben kam und dass sie Mienchen immer besuchen durfte. Die Eheleute waren ihr auch gleich sympathisch, was auf Gegenseitigkeit beruhte. Sie antwortete: „Ich möchte das Geld nicht zurück, die Kleine hat es mir schon tausendmal zurückgezahlt." Dann verabschiedeten sich Peter und Nadine von Katrin und Michael mit den Worten: „Wir bleiben in Verbindung."

Mienchen und Willi

Endlich war Mienchen bei Willi und ihren Menschen. Michael hatte den Garten katzensicher eingezäunt, sodass sie auch wieder ins Freie konnte. Die erste Zeit wollte sie aber lieber in der Nähe ihrer Menschen bleiben. Willi kuschelte viel mit Mienchen.

Katrin und Michael streichelten ihre Katze immer und immer wieder, sie konnten es gar nicht fassen, dass ihr kleines Mienchen wieder bei ihnen war.

Mienchen gewöhnt sich wieder ein

Als Erstes fuhren sie mit Mienchen zu Frau Beneck und ließen sie durchchecken. Es war alles in Ordnung, ihr ging es gut. Außerdem ließen sie Mienchen chippen, damit so etwas nicht wieder passieren würde.

Zu Hause wurde sie von ihren Menschen sehr verwöhnt, sie sollte all ihre schlimmen Erlebnisse schnell vergessen. Willi und sie schliefen wie früher nachts zusammen im Bett. Er auf einem Kissen auf halber Höhe der Eheleute und Mienchen an den Füßen von Michael. Langsam schlief sie auch wieder ohne schlimme Träume.

Bei ihnen hatte die Normalität wieder Einzug gehalten. Morgens gab es pünktlich Frühstück. Michael ging zur Arbeit, Katrin arbeitete von zu Hause aus. Sie las erst ihre Zeitung, dann ging sie an den PC. Sie schrieb für verschiedene Zeitschriften und konnte sich ihre Arbeit einteilen.

Mienchen und Willi gingen immer ein paar Stunden in den Garten. Sie powerten sich aus, um anschließend ein bis zwei Stunden zu schlafen.

Leider hatte Mienchen fast alle vier Wochen einen Schnupfen, was mit ihrer Erkrankung als Baby zusammenhing. Sie bekam öfter eine Spritze.

Es dauerte meistens drei, vier Tage, dann ging es ihr wieder gut.

Mienchen macht schon wieder Dummheiten

Weil Mienchen als Baby viel zu wenig zu Futtern bekam, war sie immer sehr verfressen. Katrin durfte nichts offen herumstehen lassen.

Einmal hatte sie Heringe gebraten, diese wollte sie anschließend einlegen. Doch vorher sollten die Fische etwas abkühlen.

Katrin ging wieder an ihren Computer und dachte, das Mienchen im Garten sei. Doch diese hatte der verführerische Duft angelockt. Sie sprang auf den Küchenschrank, wo die Bratheringe standen. Katrin hörte das Geräusch und sprintete in die Küche. Mienchen hörte Katrin kommen und stibitzte einen Hering, doch weil alles sehr schnell gehen musste, fiel sie vom Schrank, landete auf dem Rücken, den Hering zwischen den Beinen. Katrin hatte Tränen in den Augen, aber nicht, weil alles so traurig war, nein, sie konnte sich vor Lachen kaum halten. Mienchen trottete beleidigt von dannen. Natürlich durfte sie später den Hering aufessen.

Nadine und Peter suchen zwei Katzen

Nadine und Peter waren zusammengezogen. Sie besuchten ab und zu Katrin und Michael. Die beiden Paare verstanden sich gut. Nadine streichelte oft Mienchen und auch Willi hatte sich an die beiden gewöhnt. Doch Nadine wollte so gerne eigene Katzen haben. Deshalb sprach sie mit Peter darüber und dieser hatte natürlich nichts dagegen. Sie wollten am Wochenende ins Tierheim fahren und sich zwei Katzen aussuchen.

Als der Zeitpunkt gekommen war, nahmen sie zwei Transportkörbe mit und fuhren los. Im Tierheim angekommen, gab es aber keine Katzen, denn das Tierheim stand unter Quarantäne. Ein Katzenwurf hatte die Katzenseuche eingeschleppt. Eine fast immer tödlich endende Virenerkrankung. Sie fuhren unverrichteter Dinge zurück nach Hause. Nadine war sehr enttäuscht. Doch Peter hatte eine Idee. Er sprach zu ihr: „Wie wär's, wenn wir zwei ausländischen Katzen ein Zuhause geben würden? Diesen geht es oft viel schlechter als unseren Tieren in Deutschland. Nadine war begeistert und antwortete: „Oh ja, das machen wir. Ich schaue gleich mal in den Computer, was es für Tierschutzorganisationen gibt." Sie googelte und war erschüttert über das, was sie las. Es gab so viele ausländische Tiere, denen es wirklich nicht gut ging. Vor allem die osteuropäischen- und südlichen Länder brachten oft Katzen und Hunde um.

Nadine sah auf einer Seite, dass dort rumänische Tiere vermittelt wurden. Sie schickte eine E-Mail und bekam wenige Stunden später die Antwort. Die beiden Katzen, die sie sich ausgesucht hatte, lebten schon in Deutschland bei einer Pflegefamilie. Doch so einfach, wie die beiden sich das vorstellten, ging es mit der Adoption eines Tieres nicht. Sie mussten erst einen Fragebogen ausfüllen. Den sendete Nadine wieder per E-Mail an den dortigen Tierschutz. Diese prüften die Selbstauskunft und hielten Nadine und Peter für geeignet. Doch ohne eine Vorkontrolle sollten sie ihre beiden Katzen nicht bekommen. Sie vereinbarten einen Termin zur Besichtigung ihrer Wohnung und erst als alles zur Zufriedenheit der Tierschützer war, durften sie sich mit der Pflegefamilie in Verbindung setzen. Sie riefen bei den Leuten an und verabredeten sich für den anderen Tag, um sich die Katzen anzuschauen.

Die beiden Katzen

Am anderen Morgen fuhren sie los, wieder mit zwei Transportkörben ausgerüstet. Zu Hause hatten sie schon einen Kratzbaum aufgestellt. Außerdem gab es zwei Katzenklos, Näpfe, Körbchen und Katzenspielzeug.

Als sie bei den Leuten ankamen und in das Haus gingen, sahen sie ein paar Katzen herumlaufen. Frau Schramm begrüßte beide und ging mit ihnen in einen gesonderten Raum. Dort waren zehn Katzen und ein paar Leute, die sich auch Katzen mit nach Hause nehmen wollten. Frau Schramm legte eine weiße Katze in Nadines Arm und gab Peter einen schwarzen Kater.

Die kleine Weiße kuschelte sich gleich an Nadine und der Schwarze gab Peter Köpfchen und schnurrte dabei ganz laut. Da gab es nicht viel zu überlegen, diese beiden Katzen sollten es sein.

Sie wurden jeweils in einen Katzenkorb gesetzt. Peter bezahlte die Schutzgebühr für beide Tiere und ab ging es in Richtung Heimat.

Zu Hause angekommen, ließen sie die beiden Katzen aus den Boxen. Die weiße versteckte sich gleich im Schrank, aber der schwarze Kater schaute sich die ganze Wohnung an, dann ging er an den Futternapf und schmatzte, was das Zeug hielt. Langsam kam das weiße Kätzchen aus dem Schrank und weil es merkte, dass es hier nichts zu befürchten hatte, ging es auch zum Futter.

Danach inspizierte es die Wohnung und legte sich zu seinem Kumpel, der es sich auf einer Decke bequem gemacht hatte.

Whitey

Nadine und Peter freuten sich über die beiden Katzenkinder. Die weiße Katze nannten sie Whitey und den Schwarzen Blacky.

Whitey hatte es sehr schwer gehabt in ihrem kurzen Leben. Sie war in Rumänien auf der Straße geboren worden. Später, als sie zehn Wochen alt war, landete sie in einer Tötungsstation, doch von dort konnte sie fliehen. Sie wohnte auf der Straße und oft bekam sie nicht genug zu essen. Whitey lebte von dem, was ihr Touristen gaben. Sie hatte nicht immer gute Erfahrungen mit Menschen gemacht. Oft bekam sie einen Tritt oder man schmiss Steine nach ihr. Sie hatte auch einmal Babys bekommen, die aber, bis auf einen Kater, nicht überlebten.

Irgendwann wurde sie von einem Hund gebissen. Dann retteten sie Tierschützer, pflegten sie gesund und brachten sie nach Deutschland. Und nun war Whitey hier.

Blacky

Blacky hingegen lebte nur sehr kurz auf den Straßen Rumäniens. Er wurde mit zwölf Wochen von Tierschützern gefunden und kam in eine Pflegefamilie. Er war schon vorher sehr zutraulich gewesen, weil er noch nie etwas Schlimmes von Menschen erfahren hatte. Nach ein paar Monaten wurde er mit noch acht anderen Katzen nach Deutschland gebracht und dann von Nadine und Peter abgeholt. Whitey lernte er erst bei der deutschen Pflegefamilie kennen. Er war es gewohnt, mit Katzen zu leben, deshalb verstand er sich auch gut mit ihr.

Mienchen

Zurück zu Mienchen. Sie dachte mit keiner Silbe mehr an die schlimme Zeit, die sie durchgemacht hatte. Willi und sie entwickelten sich prächtig.

Sie lebten nach einem festen Rhythmus. Morgens standen sie immer so gegen 6:20 Uhr auf, außer am Wochenende, da schliefen Katrin und Michael etwas länger. Aber nicht allzu lange, denn schließlich hatten die Katzen morgens besonders viel Hunger. Nach dem Futtern ging's aufs Klo und anschließend schaute der Kater noch Frauchen beim Schminken zu.

Willi lege sich immer auf den Tisch und oft schimpfte Katrin, dass sie kaum noch Platz für ihre Kaffeetasse hätte. Wenn das erledigt war, legte er sich ans Fenster und wartete, bis die Jalousien hochfuhren. Dann guckte er noch ein bisschen aus dem Fenster und dabei schlief er ein. Mienchen ging immer gleich nach dem Frühstück in ihr Körbchen, denn sie spielte lieber gegen vier Uhr nachts mit ihrer Spielmaus als zu schlafen, und war dann wieder müde. Mittags wachten sie beide auf und schauten, ob noch Futter im Napf sei, dann wurde der Rest verputzt.

Später legten sie sich aufs Sofa und schliefen wieder ein. Gegen 18 Uhr standen sie auf und warteten auf Katrin und Michael. Meistens kamen sie pünktlich. Katrin gab erst den Katzen Futter und dann kochte sie für sich und Michael etwas zu essen. Wobei die Katzen auch nicht zu kurz kamen.

Danach wurde ausgiebig geschmust. Mienchen legte sich auf die Decke neben Frauchen, und Willi auf Michaels Bauch.

So lagen sie bis gegen 22:30 Uhr, es gab noch mal Futter und dann ging es ab ins Bett.

Gegen 4 Uhr wurden die Katzen wach und spielten eine Runde. Das musste sein, schließlich waren Katzen nachtaktiv. Doch es dauerte nicht lang und beide krabbelten wieder ins Bett und schliefen weiter, bis der Wecker klingelte.

Weihnachten

Irgendetwas war anders. Mienchen roch einen ihr ungewohnten Duft. Sie folgte dem Geruch und stieß an etwas Stachliges. Willi sah den Baum gleich und wetzte seine Krallen am Stamm. Doch dann fiel der Baum um. Fest hatte er nicht gerade gestanden... Da kam Katrin angerannt und schimpft mit Willi. Der wusste gar nicht, warum. Sie stellte den Baum wieder auf und hängt bunte Kugeln daran.

Willi spielte auch gleich mit den Kugeln. Dabei fiel eine Kugel herunter und zerbrach. Wieder schimpfte Katrin mit ihm. Sie ging in die Küche und holte einen Besen. Sie sagte zu Willi, dass er ja den Weihnachtsbaum in Ruhe lassen solle. Mienchen musste aufpassen, dass sie nicht in die Scherben trat. Aber sie spielte lieber mit den Glitzerfäden, die waren auch nicht schlecht. Sie schleppe sie durch die ganze Wohnung, immer wieder einen neuen, und Willi half ihr dabei. Dann kam Katrin aus der Küche und wieder schimpft sie mit den beiden. Willi verlor langsam das Interesse am Baum, und Mienchen ging sowieso lieber zum Futternapf.

Katrin dachte bei sich: „Na hoffentlich lassen sie den Baum jetzt in Ruhe, damit wir ein schönes Weihnachtsfest haben." Doch sie hätte sich keine Gedanken machen brauchen, beide Katzen interessierte der Baum nicht mehr. Sie hatten einen schönen Heiligen Abend. Am zweiten Weihnachtsfeiertag waren sie bei Nadine und Peter zum Essen eingeladen. Diese wollten ihnen ihre neuen Katzen zeigen.

Bei Nadine und Peter

Katrin und Michael hatten sich schick gemacht.

Michael gab den Katzen noch schnell ihr Futter und schon konnte es losgehen. Sie fuhren durch das weihnachtlich geschmückte Dorf. Sie freuten sich auf einen schönen Abend mit ihren Freunden.

Auch auf die Katzen waren sie neugierig. Wie sie wohl so waren? Dass sie weiß und schwarz aussahen und aus Rumänien kamen, wussten sie schon.

Als sie eintrafen, wurden sie schon erwartet. Sie brachten für Nadine einen bunten Blumenstrauß und für Peter einen guten Weinbrand mit.

Peter führte sie in ihr neues Haus. Es war sehr geschmackvoll eingerichtet. Es gab sogar ein Zimmer nur für die Katzen allein. Dort standen ein großer Kratzbaum, viele Kuschelkörbchen und eine Kratztonne. Doch Nadine sagte, dass sie das Zimmer umsonst eingerichtet hätten. Die Katzen seien lieber in der Nähe ihrer Menschen und hingen ihnen am Rockzipfel. Aber das gefiel den beiden natürlich auch.

Dann gingen sie alle ins Wohnzimmer. Peter wollte Katrin und Michael ihre Katzen zeigen, doch sie sahen nur Blacky. Der hatte vor nichts und niemandem Angst. Whitey hingegen war nirgends zu entdecken. Deshalb setzten sie sich erst einmal auf die Couch und tranken einen Sherry zusammen. Dann gingen Nadine und Katrin in die Küche, um das Essen zu holen. Peter hatte schon den Tisch gedeckt. Es gab ein tolles Essen ohne

Fleisch, denn alle vier waren schon seit längerer Zeit Vegetarier. Auf einmal kam Whitey aus ihrem Versteck. Sie legte sich auf ihre Decke und beobachtete die Menschen. Doch dann merkte sie, dass ihr nichts passierte, und sie schlief ein.

Die Menschen unterhielten sich nach dem Essen angeregt über Tierschutz und dabei tranken sie genüsslich Wein. Am späten Abend ließen Katrin und Michael das Auto stehen und fuhren mit dem Taxi nach Hause. Es war ein gelungener Abend, den sie Sylvester wiederholen wollten.

Nadine und Peter gingen ins Bett, in dem ihre Katzen schon selig schliefen.

Sylvester

Dann kam der Silvestertag. Katrin und Michael hatten schon alles vorbereitet, denn dieses Mal sollte das Fest bei ihnen stattfinden. Katrin hatte Kartoffelsalat und Gemüsespieße zubereitet. Diese sollten dann gebraten werden, außerdem gab es einen leckeren Nachtisch.

Michael hatte das Wohnzimmer mit Girlanden geschmückt. Die Katzen bekamen ein leichtes Beruhigungsmittel, weil sie die Knallerei gar nicht mochten. Gegen 19 Uhr sollten Nadine und Peter bei ihnen sein. Um 18 Uhr rief Peter an, dass sie leider nicht kommen könnten, weil Nadine sich einen Virus eingefangen hätte. Sie waren etwas enttäuscht, aber wünschten ihr gute Besserung.

Katrin und Michael feierten dann allein, es war ein gemütliches Silvester. Sie aßen ihren Kartoffelsalat, stießen Punkt zwölf auf das neue Jahr an und beruhigten ihre Katzen. Anschließend riefen sie bei Peter und Nadine an, um ihnen ein glückliches neues Jahr zu wünschen.

Nadine war am Telefon. Michael fragte, ob es ihr besser gehe. Sie antwortete: „Wieso? *Mir* ging es doch nicht schlecht, ich glaube, da hast du was falsch verstanden. Unserem Blacky war nicht wohl, er musste sich übergeben und er hatte etwas Fieber. Da wollten wir ihn nicht alleine lassen." Erst ärgerte sich Michael ein bisschen, doch dann schmunzelte er. „Hätten sie es nicht genauso gemacht?", fragte er sich. Ganz bestimmt, schließlich waren die Katzen richtige Familienmitglieder. Deshalb antwortete er: „Oh, da habe ich wohl tatsächlich was falsch verstanden. Geht es dem Kater schon besser?" – „Ja, er lag die ganze Zeit auf Peters Bauch und hat sich wohlgefühlt. Ich glaube, er wollte nicht, dass wir ihn an so einem lauten Abend allein lassen", antwortete Nadine. Dann verabschiedeten sie sich.

Nadine fragte Peter: „Sag mal, was hast du den beiden denn erzählt? Michael dachte, ich sei krank." Peter antwortete ganz kleinlaut: „Mir war das peinlich, wegen einer Katze abzusagen, deshalb habe ich eine Notlüge gebraucht und gesagt, dass du dir einen Virus aufgesackt hast." – „Naja, Michael hat es uns nicht übel genommen. Er hat uns für morgen zum Reste-Essen eingeladen", sagte Nadine. Da war Peter froh und schwor sich, nie wieder seine Freunde zu belügen.

Willi wird alt

Ein paar Jahre vergingen. Willi war nun schon 17 Jahre alt. Er konnte kaum noch etwas hören und seine Menschen glaubten auch, dass er schlecht sehen würde. Er lag jetzt sehr oft an der Heizung, kam auch kaum mehr ins Bett. Katrin machte sich große Sorgen. Sie fuhr mit ihm zu Frau Beneck und diese bestätigte, dass der Kater sicher nicht mehr allzu lange bei ihnen sein würde.

Sie spritzte ihm noch ein Aufbaumittel und sagte zu Katrin: „Sie werden sicher merken, wenn es so weit ist. Dann dürfen sie mich zu jeder Tages- und Nachtzeit anrufen." Katrin verabschiedete sich und fuhr mit Willi nach Hause. Sie verwöhnte ihn noch ein paar Tage. An einem Freitag waren Michael und Katrin zu einer Geburtstagsfeier eingeladen. Sie kamen erst spät zurück. Als sie ins Wohnzimmer traten, lag Willi bei Mienchen auf der Decke, aus seinem Mäulchen floss Blut. Katrin und Michael waren total erschrocken. Katrin nahm den Kater auf den Arm und legte ihn ins Schlafzimmer auf sein Kissen. Es war ihr egal, dass er alles vollblutete. Sie wollte sich von ihm verabschieden. Michael hatte währenddessen Frau Beneck angerufen. Diese versprach, sofort zu kommen. Als sie kam, sagte sie nur: „Willi möchte sterben." Sie gab ihm die Spritzen, dann verabschiedete sie sich. Michael und Katrin beerdigten ihn, unter Tränen, am anderen Tag im Garten.

Nun war Mienchen allein!

Eine neue Katze

Es waren sechs Wochen vergangen. Mienchen trauerte sehr um Willi. Sie fraß kaum etwas und suchte ihn überall. So konnte es nicht weitergehen. Deshalb schaute Katrin im Internet, ob es nicht eine Katze gäbe, die zu Mienchen passen könnte. Sie stieß auf dieselbe Tierschutzseite wie Nadine damals, die mit den rumänischen Katzen. Katrin suchte sich einen roten Kater aus, sie wollte schon so lange einen „Roten" haben. Sie sprach mit Michael und er war einverstanden. Dann ging dasselbe Prozedere los wie bei Nadine und Peter damals.

Aber auch bei ihnen war nichts zu beanstanden und so konnten sie sich den kleinen Roten holen. Am Samstag fuhren sie los.

Irgendwie hatte zwischen dem Kater und Katrin eine telepathische Beziehung bestanden, denn als er sie sah, war er sofort zu ihr gekommen und schmuste an ihrem Bein Dann sprang er auf den Tisch und gab Köpfchen. Michael war auch gleich hin und weg, und sie nahmen Micky, wie sie ihn nannten, mit. Er hatte alle Impfungen, war gechipt und kastriert. Zu Hause angekommen, inspizierte Micky auch gleich die ganze Wohnung. Und was am besten war: Mienchen fauchte ihn auch nicht an. Am darauffolgenden Tag musste Mienchen zum Tierarzt. Katrin sagte ihrem Mann, dass er Micky doch gleich mitnehmen könne, um ihn durchchecken zu lassen. Er hatte ja einen EU-Impfpass, wo alles eingetragen war. Frau Beneck untersuchte den Kater, aber konnte keine Erkrankung feststellen.

Mienchen und Micky

Mienchen gewöhnte sich schnell an Micky, trotzdem suchte sie, die erste Zeit, immer noch nach Willi. Aber das ließ mit der Zeit nach. Sie lag jetzt schon jeden Abend mit dem Kater zusammen auf einer Decke, sie kuschelten auch oft miteinander.

Sie wurden beide gute Kumpels.

Einmal holte Micky die Brekkistüte aus der Schublade. Katrin hatte diese immer unter dem Kühlschrank, in einer Schublade, wo auch die Katzenfutterdosen standen. Er stellte sich sehr geschickt an. Erst machte er Männchen, dann stekte er seine Vorderpfötchen in den Griff und dann ließ er sich nach hinten fallen, so ging die Schublade auf. Er nahm die Tüte zwischen seine Zähne und brachte sie Mienchen. Beide ließen es sich schmecken. Katrin kam nach Hause und sah die Bescherung, sie schimpfte mit den beiden. Denn eigentlich bekamen sie Trockenfutter nur als Leckerli oder ins Fummelbrett. Denn Brekkis bestehen hauptsächlich aus Getreide und Zucker, das ist für keine Katze gut. – Aber den beiden Katzen hatte es geschmeckt.

Micky wird krank

Nach einer Woche wurde Micky krank. Er wollte kaum noch essen, hatte Fieber, Durchfall und sein Bäuchlein wurde immer dicker.

Mal ging es ihm besser, mal wieder schlechter. Die Tierärztin wusste auch erst nicht, was es sein könnte. Dann, nach fünf Wochen, war es wieder besonders schlimm und weil Frau Beneck im Urlaub war, fuhren Katrin und Michael in eine Tierklinik. Dort stellte man fest, dass der Kater sehr krank sei und er eingeschläfert werden sollte. Doch Katrin und Michael wollten so schnell nicht aufgeben. Sie nahmen ihren Kater und fuhren zurück. Als sie wieder zu Hause waren, googelte Katrin im Internet und las in einem speziellen Katzenforum, dass eine junge Frau ihre Katze, die die gleichen Symptome hatte, mit einem besonderen Mittel wieder gesund bekommen habe. Deshalb schrieb Katrin der jungen Frau eine E-Mail und fragte nach Einzelheiten.

Micky wird wieder gesund

Die junge Frau antwortete bald und beide telefonierten etwas später. Sie erzählte Katrin, dass sie ihrer Katze jeden Morgen und Abend ein Mittel aus einer bestimmten Pflanze ins Mäulchen gegeben habe, dass die Katze sich ganz schnell erholt hätte und nach zwei Wochen wieder vollkommen gesund gewesen sei. Außerdem sagte sie noch, dass sie von dem Mittel noch etwas zu Hause habe, und dass sie es ihr vorbeibringen würde. Denn wie der Zufall es wollte, wohnte sie nur ein paar Kilometer entfernt.

Eine Stunde später brachte die junge Frau die Medizin. Katrin gab Micky das Mittel genau nach Anweisung.

Man konnte zusehen, wie es dem Kater von Tag zu Tag besser ging. Erst wurde sein Bäuchlein weniger, dann hatte er kein Fieber mehr und zum Schluss war auch der Durchfall verschwunden. Er fing wieder an, zu spielen.

Zwei neue Katzen

Doch Micky war einfach zu jung für Mienchen. Er wollte toben und spielen. Sie wollte ihre Ruhe. Deshalb beschlossen Katrin und Michael, noch zwei Katzen zu holen. Dann könnten die drei jungen Katzen toben – und wenn eine Lust hätte, könnte sie sich zu Mienchen auf die Decke legen.

Katrin rief bei Frau Schramm an und fragte, ob sie ein Katzenpärchen hätte. Diese antwortete, dass gerade ein Kater und eine Katze bei ihr eingezogen seien und diese sich sehr gut vertragen würden. Michael rief bei der Tierschutzorganisation an und fragte, ob er das Katzenpaar bekommen könne. Die hatten nichts dagegen. Er vereinbarte mit Frau Schramm, dass sie am Nachmittag vorbeikommen wollten.

Katrin und Michael fuhren los, um sich die beiden Tiere anzuschauen.

Dort angekommen, legte Frau Schramm Katrin eine Katze in den Arm, diese gab sofort Köpfchen. Michael bekam einen Kater, der sofort anfing, laut zu schnurren. Sie nannten den Kater Teddy und die Katze Maja. Jetzt hatten auch sie noch ein Katzenpärchen.

Zurück bei ihnen zu Hause, ließen sie die beiden Katzen aus den Transportkörben. Teddy inspizierte gleich die Wohnung. Maja hingegen versteckte sich erst einmal unter dem Schrank.

Maja

Maja lebte sich schnell ein, sie lag sehr oft bei Mienchen. Die beiden Katzen verstanden sich gut.

Maja war den Menschen gegenüber aber noch sehr schüchtern. Sie hatte früher in Rumänien auf der Straße gelebt und schon viel Schlimmes durchmachen müssen.

Doch mit viel Liebe und Geduld wurde sie immer zutraulicher. Abends kam sie jetzt schon regelmäßig auf Katrins Schoß. Katrin war sowieso Majas Bezugsperson. Nur wenn sie wieder einmal

Floh- oder Wurmmittel von Katrin bekam, ging sie zu Michael. Die beiden Menschen mussten schon immer schmunzeln. Es war so, als ob Maja Katrin strafen wollte.

Teddy

Teddy war ein richtiger Draufgänger, er wollte immer nur toben. In Micky hatte er den richtigen Freund gefunden. Beide waren noch kein Jahr alt und somit in der Pubertät. Nichts war vor ihnen sicher. Nur vor Mienchen hatte er Respekt, denn am Anfang war er ihr zu nahegekommen und sie hatte nicht lange gefackelt und ihm eine Ohrfeige gegeben. Ihr ging er am Anfang aus dem Weg. Doch später waren sie öfter zusammen.

Am liebsten lag er auf seiner Tonne oder auf Michaels Bauch. Er war ein richtig süßer Schmuser. Katrin durfte ihn auf den Arm nehmen und dann schnurrte er, was das Zeug hielt.

Mit Micky tobte er oft durch die Wohnung. Sie schmissen die Blumenvase um oder machten anderen Blödsinn. Katrin hatte ihre wahre Not mit den beiden.

Alle vier Katzen

Ein paar Monate waren vergangen, die Katzenbande fühlte sich wohl. Vor allem, weil sie auch in den Garten durfte.

Mienchen konnte zwar nichts sehen, doch ihr Gehör und ihr Geruchssinn waren sehr gut ausgeprägt. Sie wusste genau, wo welcher Baum und welcher Strauch im Garten stand. Sie fing sogar ab und zu eine Maus.

Maja war immer in Mienchens Nähe, sie passte ein wenig auf sie auf. Die beiden waren sehr gute Freundinnen geworden.

Teddy und Micky tobten sehr oft durch den Garten, vor ihnen war kein Vogel und keine Maus sicher. Sie hatten auch ein viel größeres Revier als die beiden Katzen.

Mienchen entwickelte sich gut, sie dachte nicht mehr an die schlimme Zeit zurück. Sie hatte ihre Menschen und ihre Katzenkumpels, was wollte sie mehr?

Mienchen und das Rehkitz

Es war wieder ein schöner Sommertag. Die Luft flimmerte, die Rosen blühten in ihrer vollen Pracht. Mienchen ging in den Garten. Maja, Teddy und Micky lagen irgendwo in der Wohnung verteilt herum.

Die kleine Glückskatze stromerte am Zaun entlang und fand einen Durchschlupf. Teddy hatte diesen am Vortag errichtet. Sie schlüpfte durch das Loch und lief auf die angrenzende Wiese. Mienchen hörte ausgezeichnet und fing auch wenig später eine dicke Maus, die sie genüsslich verspeiste. Dann hielt sie ein kurzes Schläfchen. Auf einmal stupste sie etwas warmes Weiches an. Ein kleines Rehkitz wartete auf seine Mutter.

Das Kitz langweilte sich und weil es noch nichts Schlimmes erlebt hatte, war es auch sehr neugierig. Mienchen konnte das Tier nicht sehen, aber instinktiv wusste sie, dass das Reh ihr nichts tun würde. Deshalb leckte die Katze dem Kitz über sein Schnütchen. Das gefiel dem Kleinen, es sprang, wie es so die Art von kleinen Paarhufern ist, auf der Wiese herum. Das Kitz wollte Mienchen zum Spielen animieren, doch die Katze konnte das Rehlein ja nicht sehen. Deshalb legte sie sich hin. Da lief das Rehkitz zu Mienchen und kuschelte sich ganz dicht an die kleine Katze. Sie schlummerten friedlich ein. Eine halbe Stunde später kam dann die Mutter des Kitzes und nahm ihr Baby mit.

Mienchen lief zurück an den Zaun und weil sie den Durchschlupf nicht mehr fand, miaute sie ganz laut, bis Katrin es hörte und sie Mienchen nach Hause holte. Sie sagte zu Michael: „Du musst unbedingt das Loch im Zaun schließen, Mienchen war schon wieder ausgebüxt. Ein Glück, dass sie da draußen Angst hatte und gleich anfing, zu miauen."

Katrin wusste ja nicht, was Mienchen Schönes erlebt hatte.

Der Igel im Garten

Langsam wurden die Tage wieder kürzer. Die Nächte waren schon ab und zu sehr kalt. Die Katzenbande lümmelte wieder einmal im Garten herum. Da kam ein kleiner Igel angelaufen und weil immer etwas Futter für die Katzen draußen stand, ging er zum Napf, um zu fressen.

Das sah Teddy und er lief zum Igel und tippte ihn mit der Pfote an. Weil aber bekanntlich Igel Stacheln haben, tat es ein kleines bisschen weh. Deshalb fauchte er den Igel an. Doch dieser ließ sich nicht beirren und futterte weiter. Mienchen merkte, dass am Napf irgendetwas los war, und lief sofort hin. Sie schnüffelte den Igel an seinem Schnäuzchen an. Der Igel rollte sich sofort ein.

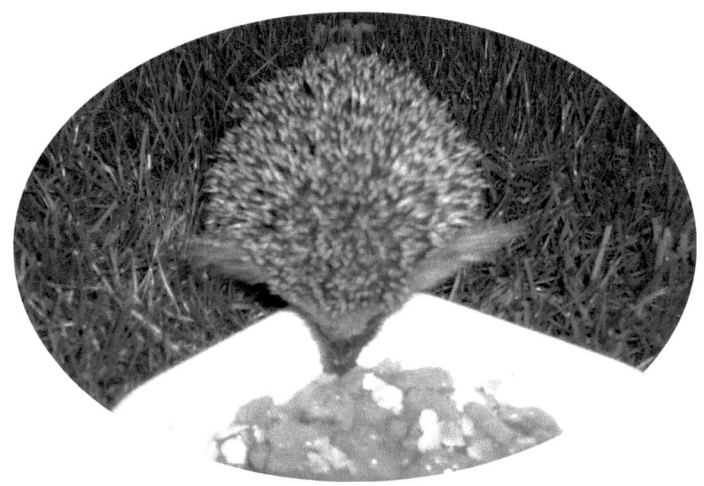

Eine Weile beobachtete Teddy noch das Treiben des Igels, doch dann wurde ihm langweilig. Er spielte lieber mit Micky, das war viel interessanter.

Mienchen hingegen tippte den Igel immer wieder mit ihrem Pfötchen an. Sie merkte zwar, dass der Igel Stacheln hatte, doch das störte sie nicht weiter. Sie wollte unbedingt wissen, was das für ein seltsames Tier war. Der stachlige Geselle merkte bald, dass er von der Katze nichts zu befürchten hatte, und verschwand.

Mienchen lief ins Wohnzimmer zu Katrin und erzählte ihr alles in ihrer Katzensprache. Die junge Frau sagte zu ihr: „Ach, meine Kleine, wenn ich doch verstehen könnte, was du mir immer so alles erzählst."

Die Überraschung

Eines Tages kamen Nadine und Peter wieder zu Besuch. Sie wollten Katrin und Michael etwas Wichtiges mitteilen. Doch erst fragten sie die beiden, ob sie ihre Katzen für zwei Wochen versorgen könnten. Das war doch selbstverständlich, schließlich waren sie Freunde und liebten die Katzen genauso, als wären es ihre eigenen.

Katrin fragte auch gleich: „Wo wollt ihr denn in eurem Urlaub hinfahren?" Nadine antwortete: „Wir fahren nach Kreta und verbringen dort unsere Flitterwochen. Denn wir sind auch deshalb hergekommen, um euch zu unserer Hochzeit einzuladen. Wir haben noch eine Frage an euch. – Wollt ihr unsere Trauzeugen werden?" Katrin war gerührt und sagte sofort zu. Michael meinte: „Na klar, es soll mir eine Ehre sein. Wann wollt ihr denn heiraten?" – „Am 13. April und hinterher wollen wir gleich losfahren. Um diese Zeit ist es am schönsten auf Kreta. Es blüht alles und die Luft ist noch schön klar und nicht so heiß", antwortete Peter.

Sie plauderten noch bei einem Glas Wein bis spät in die Nacht hinein.

Die Hochzeit

Bald kam der Tag, an dem Nadine und Peter sich das Jawort geben wollten. Nadines Eltern waren schon einen Tag vorher angereist. Ihr Vater sollte sie zum Altar führen. Peters Eltern mochten Nadine sehr. Sie freuten sich, dass Peter endlich die Richtige gefunden hatte.

Nadine saß mit ihrer Mutter und Katrin im Ankleidezimmer. Sie hatte schon ihr Hochzeitskleid angezogen und den Schleier aufgesetzt. Sie sah wunderschön aus. Katrin war ein bisschen wehmütig zumute, sie und Michael hatten damals nur standesamtlich geheiratet. Ihr blaues Kostüm stand ihr zwar auch gut, aber ein Hochzeitskleid in Weiß wäre doch etwas ganz anderes gewesen.

Die Katzen Whitey und Blacky hatten sich verzogen, ihnen gefiel diese ganze Aufregung gar nicht. Außerdem mochten sie diesen Trubel nicht. Nadine lief aber noch einmal ins Schlafzimmer und sprach zu den beiden: „So, meine Süßen, jetzt heiraten Mama und Papa. Freut euch, bald sind wir auch auf dem Papier eine richtige Familie." Sie streichelte die beiden Katzen und ging zu ihrem Vater ins Wohnzimmer. „Jetzt können wir los, Peter wird sicher schon warten", sagte sie zu ihm.

Dann fuhren sie, in einer festlich geschmückten Limousine, zur Kirche. Auch Katrin und die beiden Mütter des Brautpaares brausten los. Die anderen Gäste standen vor der Kirche und warteten auf die Braut. Alle waren mächtig aufgeregt.

Peter durfte Nadine erst in der Kirche sehen, deshalb stand er schon vorm Altar. Und dann kam Nadine, ihr Vater brachte sie herein. Peter war sprachlos, seine Nadine sah wunderschön aus. Der Pfarrer vermählte die beiden. Fast alle mussten vor Rührung weinen.

Danach fuhren sie mit den Gästen in das Restaurant, wo die Hochzeitsfeier stattfand. Es war eine sehr schöne Feier.

Am anderen Morgen flogen Nadine und Peter nach Kreta in die Flitterwochen. Katrin versorgte in der Zwischenzeit die beiden Katzen.

Es gibt Neuigkeiten

Ein paar Monate waren vergangen. Den Katzen ging es gut. Mienchen war eine aufgeweckte und glückliche Katze. Nichts erinnerte mehr an ihre schlimme Zeit, die sie hinter sich hatte.

Peter und Nadine trafen sich immer noch mit Michael und Katrin. Sie besuchten sich oft gegenseitig. Nadine liebte ihre Katzen, doch für sie war Mienchen etwas ganz Besonderes. Immer wenn sie bei Michael und Katrin war, legte sich Mienchen auf ihren Schoß und schmuste mit ihr. Es war, als ob Mienchen genau wüsste, wer sie damals gerettet hatte.

An einem kalten Winterabend trafen sich die Ehepaare bei Nadine und Peter. Sie hatten einen schönen Abend zusammen. Kurz bevor Katrin und Michael aufbrechen wollten, sagte Nadine zu den beiden: „Ich möchte euch noch etwas sagen, wartet noch einen Moment. Peter muss noch schnell eine Flasche Sekt aus dem Kühlschrank holen." Katrin meinte: „Ich glaube, wir haben genug getrunken." Doch Peter antwortete: „Wir müssen auf etwas anstoßen, seid so lieb und setzt euch noch einmal hin." Er öffnete die Flasche Sekt, goss drei Gläser ein und füllte in das vierte Selters. Er sagte: „Wir haben euch etwas mitzuteilen. Nadine bekommt ein Baby, im September ist es so weit."

„Oh, das ist ja toll. Da freuen wir uns", riefen Katrin und Michael. „Na dann alles Gute, meine Lieben. Ich habe mich schon gewundert, warum

Nadine den ganzen Abend Selters getrunken hat. Jetzt ist mir alles klar. Herzlichen Glückwunsch, ihr beiden", sagte Michael.

Dann wurde es noch ein langer Abend, denn sie mussten ja alles besprechen.

Ein neuer Erdenbürger erblickt die Welt

Die Monate gingen dahin, Nadines Entbindung stand kurz bevor. Peter ließ seine Frau kaum noch etwas selbst tun. Er hatte extra Urlaub genommen. Natürlich wollte er auch bei der Geburt dabei sein.

Dann war es so weit, die junge Frau hatte schon seit ein paar Stunden Wehen. Die Abstände wurden immer kürzer. Dann platzte die Fruchtblase. Peter rief ein Taxi, er war viel zu aufgeregt, um selbst zu fahren. Im Krankenhaus bekam Nadine ein Zimmer.

Die Hebamme sagte: „Das dauert bestimmt noch ein paar Stunden. Das Beste ist, Sie nehmen erst einmal ein schönes Bad. Das entspannt Sie ein wenig." Nadine tat, was man ihr sagte. Ob vielleicht das Wasser zu heiß war oder die Hebamme sich mit der Zeit vertan hatte: Das Baby wollte nicht mehr länger warten. Nun musste alles ganz schnell gehen. Eine Krankenschwester fuhr Nadine in den Operationssaal. Peter bekam sterile Kleidung und ging mit hinein. Als das Baby geboren wurde, fiel Peter in Ohnmacht, er konnte kein Blut sehen.

Nadine und das Kind hatten alles gut überstanden. Man legte ihr das Baby in den Arm. Es war ein Junge.

Peter war wieder aufgewacht und freute sich über seinen Sohn. Sie nannten den Kleinen Marcus.

Nadine musste noch ein paar Tage im Krankenhaus bleiben. Peter besuchte sie jeden Tag. Zu Hause erzählte er den Katzen, dass sie jetzt einen Menschenbruder hätten und dass sie sich gut benehmen müssten.

Die Katzen und das Baby

Dann kam der Tag, an dem Nadine mit dem Kleinen nach Hause durfte. Peter holte seine kleine Familie ab.

Dann kamen sie nach Hause, Marcus wurde in seine Wiege gelegt. Dann durften die Katzen in das Zimmer. Sie liefen auch gleich zu dem Baby. Whitey schnupperte an seinem Händchen, dann legte sie sich auf die Couch und schlief.

Blacky hingegen kletterte in die Wiege und legte sich an die Füße des Babys. Das wurde für viele Wochen sein Lieblingsplatzt. Später waren der Junge und er unzertrennlich. Whitey liebte Marcus auch, doch sie legte sich nie in die Wiege.

Mienchen lernt Marcus kennen

Nadine besuchte ein paar Tage später Katrin und Michael. Sie stellte ganz stolz ihren Sprössling vor.

Die beiden waren auch gleich hin und weg. So ein süßes Baby hatten sie selten gesehen. Dann tranken sie gemeinsam Kaffee und achteten gar nicht auf die Katzen. Diese waren natürlich sehr neugierig und wollten schauen, was da in dem Kinderwagen lag.

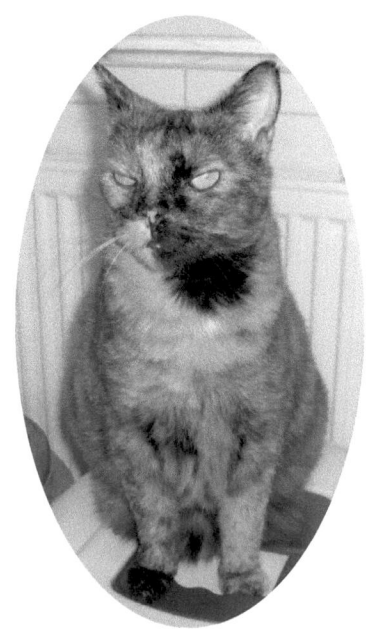

Als Erster ging Teddy hin, doch als der Kleine zu weinen anfing, erschraken er und Micky so sehr, dass sie sich lieber in den Garten verkrümelten. Maja hingegen machte das nichts aus. Sie schaute in den Kinderwagen. Doch dann wurde ihr langweilig. Mienchen hingegen war sehr vorsichtig, sie blieb in einer Ecke sitzen und hörte auf die Geräusche. Dann wickelte Nadine den Kleinen und legte ihn anschließend auf die Couch. Mienchen lief zielsicher zu Marcus und sprang auf das Sofa. Sie roch an seinem Gesicht, kuschelte sich an ihn und blieb die ganze Zeit bei ihm liegen. Doch dann wurde der Junge unruhig und Nadine legte ihn wieder in seinen Wagen, wo er einschlief.

Mienchen setzte sich auf Nadines Schoß und fühlte sich wohl. So gefiel es der Kleinen, wenn alle um sie herum glücklich waren.

Sie lebte noch eine sehr lange Zeit mit ihren Katzenkumpels bei Katrin und Michael.

Nachwort

Diese Geschichte ist frei erfunden und trotzdem gibt es Parallelen zu Mienchens Leben.

Unser Mienchen kam im Dezember 2000 zu uns. Sie wurde von unserer Tochter von einem Bauernhof gerettet. Der Bauer wollte sie mit noch drei anderen Katzen ertränken. Sie hatte Katzenschnupfen. Ihre Lunge war dadurch in Mitleidenschaft gezogen. Deshalb erkrankte sie oft.

Mienchen wurde irgendwann von jemandem angeschossen. Sie ist im Laufe der Zeit erblindet. Wir haben es erst gemerkt, als sie gegen die Umzugskartons lief. Sie kam mit ihrer Blindheit sehr gut zurecht. Mienchen fing sogar noch Mäuse.

Sie war nur eine einzige Nacht in ihrem Leben verschwunden. Sie lebte elfeinhalb Jahre bei uns mit ihrem Katerkumpel Willi zusammen. Sie wird immer einen Platz in unseren Herzen haben.

Danksagung

Ich bedanke mich bei der Tierhilfe Schweinfurt Stadt und Land e. V. und bei Frank Tobies für die Bilder, die sie mir zur Verfügung gestellt haben.

Wann werden wir Menschen aufhören, Tiere zu quälen und sie für unsere Zwecke zu missbrauchen? Wann werden alle Menschen begreifen, dass Tiere auch Gefühle haben und Schmerzen erleiden?

Emmy
Ein langer Weg zum Glück
140 Seiten
ISBN: 978-3-7322-4275-7
11,50 €

Mohrly
Ein kleiner Kater sucht seine Familie
152 Seiten
ISBN: 978-3-7322-4108-8
12,50 €

Felix
und seine Abenteuer
144 Seiten
ISBN: 978-3-7322-4182-8
11,80 €

Willi
Der kleine schwarze Kater
144 Seiten
ISBN: 978-3-7322-8197-8
11,80 €